À Aline

© 2014 Laurent Houette
Edition : BoD - Books on Demand
12/14 rond-point des Champs Elysées
75008 Paris
Imprimé par BoD – Books on Demand, Norderstedt, Allemagne
ISBN : 9782322035533
Dépôt légal : février 2014

Les siècles se bousculent et bien vite l'homme apprend à diriger la machine. Il s'habitue petit à petit à ces forces nouvelles qui le dépassent : bientôt une armada d'acier et d'étain lui livrent l'eau, la lumière, le logis, la chaleur... Et ce faisant, il a oublié le fondement même de l'existence. Il s'échappe un peu plus des cycles naturels et poursuit sa domination de tous les autres êtres vivants, estimant la viande plus que la vie. L'homme s'émancipe de son propre univers, il en oublie qu'il en est le messager et le gardien ; et il se trouve aux commandes d'une énergie prodigieuse, si grande qu'elle lui glisse entre les doigts. Le temps des grands bouleversements approche...

A l'aube des grandes métamorphoses, Esprit-léger n'est encore qu'un enfant. Il est plongé dans ce monde étrange tissé de mystères et d'illusions. Il cherche à sentir l'énergie véritable qui parcourt et anime la matière.

Esprit-léger est né au cœur de la nature sauvage et connait le langage des animaux. Il grandit en parcourant le monde et traverse l'Amérique, l'Europe, l'Afrique, l'Asie et l'Océanie... Il rencontre les animaux qui habitent depuis des siècles sur chacun des continents et qui lui transmettent les enseignements de leurs peuples et de leurs terres. Esprit-léger comprend, fait grandir ses pensées et écoute son intuition pour poser un nouveau regard sur la vie. Il réalise que toutes les idées se réunissent et dessinent l'évolution du monde.

Qui suis-je ? Qu'est-ce que la mort ? Où étais-je avant de naître ? Qu'est-ce que l'infini ? Quelle est ma raison d'être ?... Autant de questions qu'on se pose enfant. On ne devine pas encore l'étendue de ce qu'ignorent les adultes, alors on assemble des fragments de réponses et on finit par noyer nos questions vertigineuses sous un millions de pensées vagabondes et insolites. On devient un adulte. Mais cet enfant au fond de nous, écrasé par mille préoccupations, est toujours là, il n'a pas grandi. C'est nous qui avons grandi tout autour, lui a toujours le doigt pointé vers le Ciel et attend qu'on lui donne une réponse, ou, qui sait, peut-être espère-t-il qu'on lui raconte une histoire ?

Premier cycle :
La découverte d'un monde d'énergie

1. La terre et la pierre

Les vagues s'échouent sur la rive et le royaume du poisson ne s'étend pas au-delà. Mais arpentant ce va-et-vient de l'écume sur le sable, de la brasse incessante des vagues et des marées, le poisson est devenu lézard pour cavaler sur les rochers et les troncs d'arbres. Puis une autre idée est venue : s'envoler plus haut que la cime des arbres et plus loin que la plus lointaine colline.

Après mille générations encore, les écailles du lézard ont entendu l'appel du vent et le désir du reptile, elles sont devenues de longues plumes lisses et légères, soyeuses et brillantes. En un instant il fend l'air, virevolte entre les arbres et s'envole plus haut que la forêt et plus loin que les montagnes. Il ne se souvient plus quand il peuplait l'océan, il a oublié tout le chemin qu'a parcouru son âme pour être là dans le Ciel. De là-haut il scrute le monde devenu fourmilière tout en bas, mais si loin des plaines, des forêts et des lacs, dans le souffle ininterrompu du vent qui siffle le silence, parfois il se sent seul, il se sent loin de Gaia.

C'est l'histoire d'une idée qui rencontre un pays, une idée qui parcourt ce pays, qui traverse la matière. Une idée qui fait nager, grimper ou voler... Nous avons tout oublié depuis, car tout s'évapore au crépuscule de la vie. Tout s'évapore, sauf notre âme qui s'élève. Nous avons tout oublié, et pourtant notre espèce le sait : l'homme a changé mille fois de peaux. Nous avons traversé des mondes, nous avons évolués, maillon après maillon, pour devenir homme. Cet enfant qui découvre le monde avec ses yeux nouveaux, combien de fois a-t-il changé de peau lui aussi ?

C'est un oiseau qui voudrait être cheval, lion ou loutre, qui voudrait parcourir les vertes étendues et les roches abruptes pour protéger ce monde de miracles permanents, préserver la richesse de Gaia. Alors, c'est dans le corps rose et frêle d'un petit humain qu'il revient sur Gaia. Un tout petit enfant, aux pensées pures comme le vent et aux yeux clairs comme le Ciel, que ses parents baptisent : Esprit-léger.

Depuis le premier jour où un homme a posé le pied sur Gaia, la guerre n'a eu de cesse de faire couler le sang des humains, des bêtes, des arbres et des terres. Et puisque l'histoire se répète sans cesse, le village d'Esprit-léger est attaqué par des envahisseurs avides de biens et de pouvoir. Le nourrisson au milieu du chaos et des flammes pleure toutes les larmes de son petit corps, il cri aussi fort qu'il le peut... Les envahisseurs ne tarderont pas à le trouver et à s'en débarrasser, alors son grand-père l'enveloppe dans un linge et l'emmène avec lui dans la montagne. Les parents d'Esprit-léger, comme tous les autres habitants du village, ne survivront pas à cette bataille sanglante. Seuls Esprit-léger et son grand-père ont échappé aux lames acérées des envahisseurs.

Le grand-père pose le nourrisson sur une pierre, au fin fond de la montagne, là où nul ne les trouvera et lui dit : « Petit homme, te voilà sur la roche, tout proche de Gaia, notre mère à tous, patiente et nourricière. Le règne minéral est le premier qui a été créé par le Grand-Esprit, la matière immobile qui contient l'énergie du monde tout entier. C'est une nouvelle vie qui commence ici pour notre peuple... »

2. L'eau et la feuille

Il y a longtemps déjà, bien avant la naissance d'Esprit-léger, sa grand-mère avait rejoint le Ciel. Mais le Grand-Esprit l'avait alors renvoyé dans la peau d'une petite oursonne de la montagne. Elle est aujourd'hui la plus grande et la plus forte des ours de la région. Et c'est juste à côté de la caverne rocheuse de l'ourse que le grand-père d'Esprit-léger a construit une hutte de fortune. Pendant plusieurs mois, le grand-père fatigué prend soin de l'enfant aux côtés de l'ourse qui l'allaite et les protège. Esprit-léger apprend à marcher, à parler, à courir, à chanter avec toutes les créatures de Gaia. Jour après jour il prend soin de son corps pour que son âme veuille y rester. Quelques fois Esprit-léger ramasse une pierre, il la tient dans sa main et se dit que toutes les pierres forment la montagne, et que cette montagne est la planète entière. Esprit-léger sent cette force qui le lie à la terre rouge, le rouge de l'instinct, de la création naturelle qui l'enveloppe. Un matin, une fine pluie arrose leur campement au cœur de la montagne, alors Esprit-léger demande :
- D'où vient cette eau qui tombe ?
- Elle semble tomber du ciel, non ? *lui répond le sage grand-père.*
- Mais alors y a-t-il un océan suspendu là-haut dans le ciel pour que l'eau s'en déverse ainsi ? *Le vieil homme sourit en allumant sa pipe et en soufflant d'épaisses bouffées de fumée.*
- Tu vois tous ces nuages que le vent promène dans le ciel, et bien chaque goutte d'eau qui tombe était un nuage.
- Mais grand-père il y a bien plus de gouttes d'eau qu'il n'y a de nuages.
- Oui, bien sûr. Un seul nuage se change en des milliers de gouttes d'eau, mais chacune d'entre-elles était le nuage tout entier et chacune d'entre-elles était l'océan...
- Et moi grand-père, qu'est-ce que j'étais avant de naître ?
- Tu es venu comme une perle sur l'herbe à la rosée du matin après une nuit de brume.
- Et avant d'être cette goutte de rosée, j'étais le nuage de brume tout entier. C'est cela ?
- Tu étais le monde tout entier… Et puis tu t'es éveillé dans cette vie, tu t'es rassemblé dans la matière. Tu venais de loin, d'au-delà les nuages, tu as traversé l'oubli, tu es venu briller comme une étoile dans la nuit.

De nombreuses Lunes plus tard, l'âme du vieil homme a quitté son corps pour rejoindre les Cieux. En mettant son grand-père en terre, devant la chair de sa chair inanimée, Esprit-léger est si triste, son cœur se serre si fort dans sa poitrine, la douleur est si grande et si profonde, qu'il décide de partir à la recherche de l'âme de son grand-père. Il escalade la montagne et grimpe sans s'arrêter, jour et nuit, sans manger ni se reposer, jusqu'à ce qu'il en atteigne le sommet. Mais il n'est pas assez haut, il ne peut toucher le Ciel où l'âme de son grand-père repose désormais. Alors, plein de tristesse et de colère, il lance une pierre vers le Ciel ! Un grondement sourd fait vibrer l'air, l'orage grogne et la pluie s'abat sur le jeune garçon, au sommet de la montagne. Sa mère ourse, qui l'avait suivi durant cette épuisante ascension, se blottie alors contre lui pour le protéger de la pluie. Tous deux regardent la pierre qui est retombée sur la roche de la montagne et le ruisseau que gonfle la pluie l'emporte petit à petit vers la vallée.

La pluie ne cesse de tomber et bientôt le ruisseau devient rivière. L'obscurité du soir enveloppe la montagne, alors Esprit-léger, contre la chaude fourrure de l'ourse, le regard lointain et plein de larmes, voit la Lune trembler à la surface de la rivière. La vibration traverse ses yeux d'enfant, il regarde le disque argenté briller dans le Ciel et son reflet ondulant sur l'eau. Il sent son cycle de régénération s'animer, sa vitalité se renouveler, c'est le fruit orange d'une nouvelle naissance qui grandit dans son ventre. La mère ourse pose sa large patte sur la tête du petit garçon et lui dit : « La Lune donne le pouls de la Terre, elle dirige les fluides du monde, laisse-la guider tes larmes. Suit l'eau de la Lune, elle te mènera au feu du Soleil, mon enfant, elle est son reflet qui nous éclaire dans les ténèbres. »

3. La flamme animale

Esprit-léger suit le cours d'eau qui descend la montagne. Il marche le long de la rivière qui devient à chaque pas un peu plus large. Dès qu'il s'arrête pour observer le paysage il voit bien sûr toujours le même cours d'eau, mais chaque instant renouvelé. « Je suis comme la rivière, *se dit-il*, toujours moi-même, mais aussi chaque instant un peu différent. »

Voilà maintenant des semaines entières qu'il mange très peu, quand la nuit tombe, il est à bout de forces et ne peut plus poursuivre son voyage. Il s'allonge au bord de l'eau, épuisé, affamé, il se demande pourquoi sa mère ourse lui a demandé de suivre la rivière. Il ne comprend pas, il est en colère. La faim et la fatigue le déchire et les larmes lui montent aux yeux puis roulent sur ses joues. Soudain, une belle tortue sort la tête de l'eau, tenant dans son bec des légumes qu'elle a récoltés sur l'autre rive. « Tu vois, petit homme, l'eau salée de l'océan coule jusque dans tes larmes, l'eau est le monde des émotions. » Esprit-léger lève la tête, intrigué. « Il faut que tu reprennes des forces, mange ceci, il y a des tomates, des concombres, j'ai même ramassé une pomme bien mûre tombée d'un arbre, » dit la tortue. Esprit-léger est heureux de pouvoir enfin manger et remercie chaleureusement sa nouvelle amie. Le jeune garçon sent son énergie revenir en lui à chaque bouchée.

- Suis-je ici dans le monde de la guérison ? *demande-t-il*.
- En un sens… En fait, le monde végétal est le grand donateur de l'énergie, il permet l'union et la stabilité entre toutes les formes de vie. Vous avez chacun besoin l'un de l'autre pour respirer et pour vous nourrir.
- Le règne minéral est celui de la terre comme je l'ai appris sur la montagne, et le règne végétal est donc celui de l'eau ?
- Les plantes sont enracinées dans la terre mais c'est l'eau qui leur permet de tenir debout.

Esprit-léger a retrouvé des forces grâce à la tortue et il reprend alors sa route en suivant la rivière, convaincu que c'est bien le chemin qui le mènera au Ciel. Il arrive alors dans la plaine aride, sous un soleil de plomb. Il marche péniblement et ruisselle de sueur quand soudain un grand lion surgit devant lui. Le fauve à la crinière de feu vient de finir son repas et laisse les restes de la carcasse fumante sur le sol pour ses petits. Il se tourne alors vers le jeune garçon et s'allonge de tout son long pour digérer, en partie à l'ombre d'un arbuste :
- Que fais-tu là petit homme ? Tu es ici sur la terre des lions, bien loin de chez toi !
- Je cherche à rejoindre le Ciel, *répond Esprit-léger*.
- Le Ciel ? A quoi bon ? Comme le mien, ton royaume est celui de la terre ! Tu dois retrouver le pays des hommes, vaincre tes ennemis, devenir roi et régner ! Il n'y a plus grand destin !

Mais Esprit-léger n'en est pas convaincu : « A quoi bon être roi si c'est pour régner par la force que l'on perdra tôt ou tard, en étant tourmenté par mille caprices à la fois ? » se dit-il en lui-même. Le lion ressent cette hésitation et rugit de colère. Alourdi par son festin, il ne se donne même pas la peine de poursuivre Esprit-léger qui s'enfuit loin dans la plaine.

Réfléchissant sous la chaleur du Soleil, Esprit-léger se dit alors que l'élément de ce monde est bien le feu, non pas pour la température mais surtout parce que le désir se consume dans le ventre des animaux et les pousse à agir. Tantôt se nourrir, tantôt s'accoupler… La flamme du cœur qui bat et de l'estomac les interpelle sans cesse. Cette flamme, c'est la fougue de la vie. C'est l'instinct de survie qui permet aux animaux de recevoir l'énergie que la roche préserve et que les plantes offrent au monde. Mais même la force du plus puissant des animaux ne lui permet pas de rejoindre le Ciel, Esprit-léger doit alors trouver une autre voie…

4. Entre les horizons

Le petit garçon sauvage ne sait plus dans quelle direction il doit aller. Il construit alors une petite hutte avec des branches qu'il ramasse. Il attache de grandes feuilles avec des lianes pour faire le toit de sa maison et être ainsi protégé de la pluie. Il place quelques pierres à la base des branches pour consolider sa construction. Avec un silex tranchant il taille une lance pour pêcher dans la rivière. Il ramasse quelques fruits, prépare un feu puis il s'assoit au bord de l'eau, à l'affut des poissons. Esprit-léger semble réaliser qu'il n'y a pas de chemin qui mène au Ciel, qu'il ne peut pas rejoindre l'âme de son grand-père.

C'est alors qu'un imposant bison s'approche de la rivière pour se désaltérer. Son pas lourd fait vibrer le sol et tous les poissons s'éloignent, rendant la pêche d'Esprit-léger impossible : « Eh ! Fais moins de bruit ! J'étais là avant toi, j'ai même monté mon campement ici alors vas boire un peu plus loin s'il te plait. » Le grand bovidé est surpris de découvrir que le garçon parle le langage des animaux. Cela fait plusieurs siècles qu'aucun bison n'a jamais pu discuter avec un humain, au point que la plupart de ces animaux croient que cela n'était jamais arrivé ailleurs que dans les histoires pour endormir les petits bisons.
- Pardon de t'avoir dérangé. Mais comment se fait-il que tu sois ici, loin de tes semblables ? Et comment as-tu appris à parler notre langue ?
- J'ai toujours vécu dans la nature, loin des villages et des villes. Mon grand-père m'a enseigné le langage des hommes, et ma mère ourse m'a appris à vivre en communion avec Gaia et à communiquer avec tous ses habitants.
- Tu sais mon garçon, on raconte qu'il y a bien longtemps les hommes et les bisons vivaient ensemble. Les hommes protégeaient les troupeaux et y apportaient un équilibre en se nourrissant raisonnablement des bisons, ils utilisaient notre peau pour faire des toiles et notre fourrure pour se réchauffer. Et avec les nerfs et les ossements, les hommes fabriquaient des fils, des aiguilles et bien d'autres ustensiles... Nous vivions en harmonie... Les bisons et les hommes étaient fiers de donner leurs vies ensemble pour nourrir ou défendre cette symbiose. Mais aujourd'hui tout est vraiment différent, nous nous battons sans répit...

- Sage bison... je partage ta tristesse, mon peuple aussi a été massacré par un clan d'hommes. Et puis, il y a quelques jours, mon grand-père est mort à son tour, depuis je me sens si seul... je suis le dernier fils de ma tribu je cherche désespérément le chemin pour le retrouver dans le Ciel à présent...
- S'il a rejoint le Ciel, ton grand-père vit également en toi. Tu ne trouveras aucun chemin qui mène au Ciel, mais il n'appartient qu'à toi de laisser le Ciel inonder ton cœur pour y rencontrer à nouveau ton grand-père, *explique calmement le bison.*
- Comment puis-je faire cela ?
- Il te faut trouver la paix et la préserver jeune garçon. La paix en toi, elle appelle celle de Gaia. Tu découvriras alors que nous sommes au bord de la rivière, avec les arbres, sous les oiseaux dans le Ciel. Nous tous : dans le Ciel.

Le bison raconte à Esprit-léger qu'à force d'inventer des outils, les hommes en sont devenus les gardiens, oubliant qu'ils sont avant tout les gardiens de Gaia. Vivre leur vie ne leur suffit plus, ils veulent dominer et exploiter les autres créatures avec ces outils.

Voilà le garçon les cheveux dans le vent, à la croisée des destins. Il sait qu'il n'appartient qu'à lui de choisir sa voie à présent, au milieu de la plaine, plus verte encore que l'espoir, le jeune garçon se demande où l'emmènent ses pensées.

5. Le souffle de sagesse

Esprit-léger passe de longues journées à discuter avec son ami bison. Celui-ci lui raconte les horreurs auxquelles il a assisté, il a vu les hommes massacrer des troupeaux entiers. Il les a même vus s'entre-tuer pour gagner toujours plus de territoire, « Comme si la terre pouvait leur appartenir ! », s'étonnait à chaque fois le bison.

Esprit-léger est le dernier enfant de sa tribu, alors il ressent beaucoup de tristesse pour le bison en écoutant les récits des guerres que mènent les humains. Mais un beau matin, le bison pose son front contre celui d'Esprit-léger et lui dit : « Cette colère ne t'apporte que du mal, ça ne sert à rien de te faire violence pour les pêchés d'autrui. Ici dans le calme, apprend à vivre en paix car demain c'est dans la tempête du monde qu'il te faudra garder ce calme intérieur, c'est ainsi que tu accueilleras le Ciel en toi. Accepte les événements avec gratitude et l'abondance de tout Gaia te sera alors promise. »

Le garçon regarde des mois durant les cycles des saisons se succéder dans la plaine. Il observe les plantes sauvages pousser comme des idées dans un esprit libre. Il se voit comme un tout petit œuf, un œuf minuscule sur une feuille, comme la naissance d'une idée... « Faire le mal à toute chose, c'est se faire du mal à soi-même, » se dit-il. Le lendemain, la chenille éclot du petit œuf sur la feuille, et jour après jour il l'observe progresser, ramper, avancer de toutes ses forces dans la vie avec détermination. Elle devient chrysalide pour amener son projet à elle... Puis, enfin : une nouvelle naissance ! Le papillon s'envole vers le Ciel !

Il s'élève toujours plus haut, rebondissant dans les airs à chaque battement d'ailes. Esprit-léger le suit du regard... Le monde est en changement perpétuel mais cela lui est désormais égal : il n'y a plus de frustration, plus de certitude. Le voilà, le chemin, il n'était pas dans les quatre directions mais déjà là, juste au-dessus de sa tête. On ne peut suivre une route qui mène au Ciel, on s'y élève par la légèreté de la pensée. Le papillon, qui n'était alors qu'une pauvre petite chenille, a souhaité si fort s'envoler vers le Ciel que de magnifiques ailes sont apparues sur son dos.

Il prend une grande bouffée d'oxygène. Il inspire si fort que l'air fait vibrer les ailes du papillon qui lui dit : « Toi aussi, tu n'es qu'un souffle, tu n'es que mouvement, cette respiration c'est ta communion avec le monde. Si la Terre est ton corps, ton esprit vient du Soleil. » Esprit-léger sent l'air se déverser dans sa gorge et ses poumons. La sérénité guide le souffle qui alimente sa flamme animale, l'énergie se canalise dans sa respiration. L'air apaise son être. La mesure de la vie c'est ce mouvement de légèreté qui caresse l'âme.

« Vivre, c'est d'abord respirer ! Le monde de la sagesse est celui de l'air qui purifie le mental et permet de créer l'harmonie, » comprend Esprit-léger. Il prend confiance, se calme, s'apaise. Il gonfle son torse, il s'emplit d'air... Un rêve bleu le guide vers l'indépendance, la liberté de l'esprit. Il ouvre ses bras et libère sa poitrine. La tête basculée en arrière, il s'oublie et se laisse absorber par le bleu du Ciel en voyant le papillon être porté par le vent.

6. L'ange de la paix

Plus tard, après que la montagne se soit plusieurs fois vêtue de neige puis de fleurs, alors qu'Esprit-léger observe les plantes de son grand jardin qui se courbe avec le monde, un papillon s'approche de lui. C'est un beau papillon bleuté qui virevolte entre les courants d'air et se pose sur l'herbe verte.
- Mon ami papillon ! te revoilà ! *s'écrit Esprit-léger.*
- Mon ami, tu sais, à côté des longues saisons que tu vois s'écouler, la vie d'un papillon est éphémère... Tu me confonds avec mon grand-père qui est né ici qui n'a pas eu le temps de revenir jusqu'à toi. Il a alors confié un message à mon père qui, à son tour, m'a demandé de te l'apporter...
- Qu'as-tu à me dire ? *demande le garçon, tout en ayant une pensée pour l'ami papillon qu'il a connu et aujourd'hui qui n'est plus...*
- Tu dois rejoindre la grande forêt, au-delà de la plaine et au-delà des collines. C'est le royaume des êtres mêlés. Plantes et animaux y vivent en communion et s'abreuvent de la lumière du Ciel. Mon grand-père était certain que tu trouverais des réponses là-bas...

Sans hésiter une seule seconde, Esprit-léger décide de se rendre à la grande forêt, il serre fort dans ses bras son ami bison, remercie le messager multicolore et se met aussitôt en route. Il marche longtemps, très longtemps... Il se demande comment il peut se rendre si loin, il ne voit toujours pas la forêt apparaître à l'horizon. Il n'a pas de temps à perdre et marche à un rythme soutenu. Soudain, au pied d'un grand arbre sur son chemin, Esprit-léger voit un jeune aigle allongé sur le sol, en grande difficulté. « Il a dû tomber du nid et il s'est cassé une patte, » se dit Esprit-léger avant de plaquer doucement deux morceaux de bois sur l'os brisé pour les attacher solidement avec des herbes tressées. A présent l'aiglon tient debout et Esprit-léger l'aide à retourner jusqu'à son nid. Puis, alors qu'il s'apprête à repartir, la mère de l'oiseau, immense et majestueuse, arrive également à l'arbre des aigles.

Elle remercie Esprit-léger, elle sait que le jeune oiseau aurait pu se faire dévorer par un prédateur au sol. Mais Esprit-léger ne peut s'attarder plus longtemps, il doit rejoindre la grande forêt. Alors, pour remercier le garçon, l'aigle lui propose de l'y emmener par les airs.

L'enfant grimpe sur le dos de l'oiseau, et tous les deux s'envolent du nid. « Me voilà dans les airs, *songe Esprit-léger,* c'est parce que j'ai été bienveillant avec l'aiglon que j'ai pu m'envoler. Non pas en cherchant à m'envoler en tant que tel. Si je cherche la paix pour le bien qu'apporte la paix je trouverai le Ciel. Si je cherche la paix pour trouver le Ciel comme on attend une récompense, je n'aurai rien. Mais de là-haut, chevauchant le vent, je réalise que mon grand-père est encore loin, alors que mes pieds reposaient sur le sol, j'étais tout autant dans le Ciel. Le Ciel est là, partout ! Mais ce n'est pas avec notre chair qu'on le rejoint. Et là, avec mon amie aigle, nous traversons les nuages du Ciel, mais ce sont des bateaux pour nos pensées, non pour nos corps. »

Le vent purifie son visage, là, loin de la terre, loin de sa vie, dans la clarté du Ciel, Esprit-léger réalise pleinement que le bonheur est en lui et non dans les choses du monde. Il voit alors avec un œil neuf, un regard spirituel, calme et serein, tout autour de lui l'énergie de l'univers qui baigne ce monde agencé en diverses formes. Il est en état de plénitude, de joie, d'unité... L'aigle et Esprit-léger planent dans la lumière indigo du soir alors qu'ils s'approchent de la grande forêt.

7. Le gardien de la vie

L'aigle plane au-dessus des arbres et relâche délicatement son étreinte. Il libère le garçon qui tombe : tout s'accélère, tout tourne... Mais Esprit-léger ne sait plus très bien si c'est vers le sol ou le Ciel qu'il est aspiré. Il arrive droit sur un coussin de feuillage qui absorbe sa chute. Il se relève, il avance prudemment sur la canopée. Soudain une branche cède et tombe le long des troncs d'arbres, rebondissant dans les branchages jusqu'au sol. Esprit-léger manque de glisser mais rétablit à temps son équilibre.
- C'est ta peur de tomber qui te fait trébucher, *lui lance un grand boa, ondulant entre les rameaux.*
- Mais je ne souhaite pas tomber de cette hauteur, il est normal d'en avoir peur, non ?
- Tu ne souhaites pas non plus avoir peur... L'homme aime marcher en déséquilibre, évitant la chute à chaque foulée, mais tu dois avoir foi et ne pas craindre l'ordre des choses. Le monde avance et tu peux l'aider à avancer, lui faire confiance. Si la chute est inévitable alors à quoi bon la craindre ? *susurre le boa en glissant.*
- Toi qui n'as pas de jambes, tu ne peux pas trébucher mais tu ne peux pas non plus marcher.
- Toute ma vie n'est qu'une foulée. Je suis le mouvement, la stabilité dans le changement. Je suis le gardien de l'équilibre de la vie.
- De la vie ? Tu ne tues donc jamais pour te nourrir ?
- J'attends qu'il pleuve pour boire, que le Soleil brille pour me réchauffer. La mort fait partie de la vie. J'écoute le chant de l'univers, je peux rester ainsi des semaines sans manger, simplement à attendre le passage d'une proie. En la mangeant elle rejoindra mon corps, sans elle je serais faible et avec elle nous sommes forts en un sens. Il en va de même pour chaque être qui meurt, son corps rejoint le corps de Gaïa. J'ai toujours confiance en la nature, alors je ne connais pas le désespoir et je ne connais pas le doute.
- Et tu n'as donc aucune crainte pour l'avenir ? *Rétorque Esprit-léger.*
- En vérité le temps n'est qu'une image... Tout ce que tu as vécu tu l'as vécu au présent et tout ce que tu vivras tu le vivras au présent, lui seul est réel.
Le jeune garçon, assis sur une branche d'arbre écoute attentivement les paroles du boa.
- Tout n'est qu'union entre le monde, son histoire et son avenir. Et tu fais partie de cet ensemble, alors un beau matin tu verras tout, simplement en refermant les yeux, en t'oubliant.

Esprit-léger est absorbé dans une profonde méditation. « L'énergie circule partout et rien n'est jamais perdu, » se dit-il. Sa foi et sa pensée se mêlent à la matière et tout l'univers se réalise pour chercher à accomplir son destin. Il veut aller avec le temps, alors il accompagne le temps, il rejoint si bien le présent que le temps n'existe plus. Il veut aller au-delà de ses idées et il se rend au-delà des sensations, au-dessus de lui-même. Tout l'atteint, mais plus rien ne le blesse. Au sommet de son crâne une aura violacée couronne son être. Voilà Esprit-léger apaisé, il découvre que le monde est irréel, que sa vision n'est qu'un rêve, tout n'est qu'illusion et il est avant tout un être d'énergie dans un monde de lumière.

8. Le trône de lumière

Esprit-léger, les yeux dans le vague, au cœur de la grande forêt, regarde les rayons de Soleil se mêler aux branches, aux troncs, aux lianes. Dans la chaleur ambiante, les gouttes d'eau perlent sur les feuilles, roulent jusqu'à leur extrémité pointue et se laissent tomber dans un éclat de Soleil. Il ne pense plus, il s'arrête et contemple, il devine tout autour de lui, et même bien au-delà, la vie qui s'abreuve du Ciel.

Là, dans les rayonnements verts de la forêt, Esprit-léger s'oublie : « Je suis comme un arbre, je me laisse inonder de lumière, j'abandonne toutes les peines et je me contente simplement d'être, je deviens la vie à l'état pure. Mes pensées sont comme des nuages qui traversent le Ciel de mon esprit, je les laisse glisser. » Il compte son souffle, chaque inspiration et chaque expiration, 1, 2, 3, 4, 5, 6, 7... il ne pense à rien d'autre, puis il ne compte plus. Son esprit s'apaise, se régénère à la source de toutes choses. La lumière rencontre des harmonies de feuilles, de branches entremêlées jusqu'aux racines, tout devient beau, le grand tableau qu'il ne regardait pas.

Plus tard, il se rend compte qu'il a cessé de penser « Si je m'accroche à une idée, alors elle me cache la lumière de mon propre esprit, » se dit-il. Il se concentre sur cette idée et réalise alors qu'il pense à nouveau, qu'il a quitté le vide ! Mais il veut aller à la rencontre du Soleil, et pour cela il doit chasser toute pensée de son esprit.

Esprit-léger regarde le plafond de la forêt et commence à escalader l'arbre sur lequel repose ses pieds, branche après branche il se hisse vers cette voûte de feuillages parsemés d'éclats du jour. Il ne sent plus son propre poids, il parvient, comme l'arbre, à ne plus penser, et à croître vers la lumière. Arrivé à sa cime, son buste trône, plus haut encore que le toit de la grande-forêt, vers le Soleil, la source de toute vie. Esprit-léger, apaisé, ouvre les bras pour embrasser la liberté, pour recevoir cette énergie puissante.

Soudain, le garçon comprend que l'arbre s'allonge vers le Ciel, s'étire pour s'ouvrir à lui et lui offrir tout son être, mais croître indéfiniment cela n'est pas possible. « Cela n'a pas de sens, *se dit-il*, puisque dans les airs ou au sol, je suis toujours dans le Ciel. Seul mon regard sur le monde peut me plonger un peu plus dans le Ciel, m'élever vers lui n'est qu'une image. Mais je grimpe pour faire le vide en moi pour soupeser mon être, avoir un œil nouveau sur la vie. » Et c'est cela même qui rythme la nature : un va-et-vient avec le vide qui appelle et se laisse appeler. Croître indéfiniment, cela n'est réservé qu'à la lumière du Grand-Esprit, alors la nature nait, la nature meurt, mais avance un peu plus profondément dans le Ciel à chaque nouvelle naissance.

Esprit-léger comprend désormais que le vide nous permet d'éloigner tout obstacle entre nous et la lumière du Soleil. « S'il n'y a plus de tromperies alors la vie devient vérité, s'il n'y a plus de dépendances alors la liberté se révèle d'elle-même, et surtout s'il n'y a plus de violence alors la paix et l'amour se répandront sur Gaia ! L'absence d'obstacle, voilà la véritable force du vide, il apporte l'équilibre, l'osmose, il laisse la lumière illuminer le monde, nos esprits ont besoin du vide comme le vide permet à la cruche de contenir l'eau. »

9. Le royaume du Ciel

Esprit-léger, l'enfant des plaines vertes et des grands arbres, des collines et des montagnes, lui qui voulait atteindre le Ciel, s'ouvre à la lumière, l'invite en son cœur. Il laisse le faisceau blanc l'inonder, éclairer le monde et révéler l'amour. L'amour pour la vie, pour la paix, l'amour non pas comme destination mais comme compagnon, et pour berceau d'un nouveau monde. Esprit-léger ouvre ses bras et ses mains, il est en paix au fond de lui-même. Il s'oublie. Il le perçoit à présent : c'est dans la clarté de la paix que Gaia rejoindra le Ciel.

Le garçon, posé sur une branche, parcourt ce cercle de lumière et de chaleur, un cercle parfait, qui donne son impulsion à la vie. Regarder le Soleil c'est impossible et pourtant il illumine toutes choses. Le regarder c'est plonger dans le feu cosmique. Il porte l'univers et nous portons sa lumière et sa chaleur. Esprit-léger devine la parade entre Gaia et le Soleil. On tourne autour de lui chaque saison, il tourne autour de nous chaque jour dans le Ciel. Une valse avec l'irréel, notre petite révolution quotidienne. Le Soleil est une porte entre notre monde de matière et celui de l'énergie.

Esprit-léger est calme, serein. Il sent l'énergie paternelle qui l'inonde, alors, face au Soleil, il se souvient des enseignements de son grand-père. « Mais où est-il désormais ? N'est-ce pas lui qui m'illumine à présent ? N'est-il pas devenu le Soleil tout entier ? *Se demande Esprit-léger,* notre corps est matière et reste matière, il rejoint Gaia pour recevoir encore la lumière du Soleil. Mais notre âme, notre énergie, cette force qui a émergé de la matière, ne rejoint-elle pas la lumière ? »

L'univers inspire et s'apprête à chanter, alors Esprit-léger sait que Gaia est une sphère de vie, une unité qui cherche à s'élever vers la paix. « Si nous faisons des erreurs, c'est pour comprendre, si nous tombons, c'est pour nous relever et si nous échouons c'est pour recommencer dans cette vie ou dans la suivante, sans jamais perdre notre foi. Nos intentions et notre volonté d'agir forment notre destin, l'agencement de nos existences. » Il comprend l'alternance des cycles entre la nature et son propre esprit, cet équilibre qui permet aux êtres d'avancer vers l'unité. « Notre sentiment d'amour pour le monde entier est notre raison d'être, notre accomplissement » chuchote le jeune garçon.

Dans le Ciel rougeoyant, le Soleil se courbe vers Gaia, la nuit approche. Esprit-léger pose son regard sur cette lumière moins éblouissante... Assis dans la brume, au sommet de la forêt, il voit une silhouette s'avancer doucement vers lui dans ce faisceau du soir. Il reconnait les pas de son grand-père dans la lumière.

10. Le monde de la paix

Esprit-léger aimerait bien comprendre le monde, et aussi cette drôle de nuit noire entourant son existence. « Quelle est cette source d'où tout vient et à laquelle tout retourne ? Est-ce là-bas que je me rends à la fin de ma vie ? » se demande-t-il. Il entend alors les enseignements de son grand-père : « Ne te préoccupe donc pas de la mort, Esprit-léger, tant que tu vis, la mort n'est pas là et quand elle viendra tu n'auras plus de raison de t'en inquiéter. N'aies plus peur du vide. »

Le jeune garçon, les cheveux dans le vent, voit l'arc solaire plonger dans l'horizon, comme une porte lointaine. Il veut remonter le courant comme le saumon, retrouver la source de la lumière, la source de toute vie, le pays des anges, de nos ancêtres. Esprit-léger comprend que le Grand-Esprit embrasse la vie et la mort en même temps, que nous sommes dans un grand arbre, et même l'écorce morte est arbre de vie.

« Va vers le Soleil levant, vers le royaume des hommes, par-delà les flots et plus loin que la forêt. Va à la rencontre des grandes transformations de ce monde. Ne donne pas pour avoir une récompense, ni même pour ta propre joie de donner, mais pour aimer ce mouvement perpétuel. Rien ne restera à toi. Approche ton esprit du monde des saisons, des éléments, des paysages et puis des hommes, mon garçon, » lui dit son grand-père en souriant.

Esprit-léger regarde sa sœur la Lune dans le ciel assombri, fille de Gaïa et du Soleil. Terre de sa terre et éclat de sa lumière, elle lui montre alors comment recevoir la lumière afin d'illuminer le monde dans les ténèbres. Pour renouveler le cycle de la vie. « Nous devons être des prismes qui concentrent cette énergie pour rayonner d'amour sur la Terre entière. Nous formons la communion entre la lumière blanche du ciel et son reflet multicolore. » Esprit-léger s'oublie alors dans cette pensée et jusqu'au vide, son corps rejoint Gaïa comme une goutte d'eau plonge et se mêle à l'océan. « La pureté que mon être révèle retournera dans la lumière, mais mon corps est lié à Gaïa... Mais comment révéler mon âme, contribuer à la paix, en restant loin du royaume des hommes ? Comment éprouver de la compassion pour la douleur et pardonner les offenses comme me l'a enseigné mon grand-père, si je reste seul dans la plaine ? Je dois être le changement que je rêve pour le monde. »

Esprit-léger s'endort doucement, la forêt s'enfonçant dans la nuit. Dès l'aube il partira vers le pays des hommes ! Il veut aider à désamorcer la spirale de la violence des humains et comprend alors que quoiqu'il arrive, son bien le plus précieux est sa bienveillance.

Deuxième cycle :
La lumière des êtres

1. Le loup blessé

Esprit-Léger marche dans la forêt, il ne sait pas où ses jambes l'emmènent. Il respire l'air frais que soufflent les arbres, il entend le vent dans les branches et sent ses pieds s'enfoncer dans le sol humide du sous-bois. Il a traversé de longues distances, traversé les cours d'eau, les falaises abruptes et les grandes plaines pour se trouver à présent dans cette douce forêt.

Quand vient la nuit, il escalade quelques branches d'un grand arbre et s'endort contre son tronc. Le matin, il suit la rivière qui glisse à-travers la forêt. Il parvient à pêcher quelques truites avec un bâton pointu et beaucoup de patience, puis il ramasse du bois sec et frotte son petit couteau contre un silex pour allumer un feu et faire griller ces beaux poissons. Alors qu'il cueille quelques herbes pour parfumer son repas, il entend une voix fatiguée venir d'un buisson tout proche. « Veux-tu bien manger un peu plus loin, petit homme ? Voilà des jours entiers que je n'ai rien avalé, cette odeur délicieuse est une vraie torture pour moi ! » C'est la parole d'un loup mourant, affamé, la patte prise dans un piège.

Esprit-léger, aussi vif que le vent, se lance sur la mâchoire de fer et libère le pauvre loup du piège qui lui écorche la patte.
- Libre ! Enfin libre ! *crie le loup.*
- J'ai pêché trois belles truites, mais je pourrai bien me contenter d'une seule, dit le jeune garçon, voudrais-tu partager ce repas avec moi ?
- Tu es trop bon, petit homme, *répond le loup.* Tes semblables me chassent pour protéger leurs troupeaux, ils me traquent et cherchent à me tuer. Pourquoi me viens-tu en aide ?
- Je crois que tout ce qui n'est pas partagé est perdu… Alors c'est toi, loup, qui me permet de partager mon repas, merci beaucoup ! *répond le garçon en envoyant un clin d'œil et un sourire malicieux.* Même si nous sommes en conflit nous pouvons prendre le temps de partager ce repas non ? Devons-nous vraiment nous faire la guerre à chaque instant ?
- Tu sais, une fois ce repas fini nous nous chasserons à nouveau l'un l'autre.
- Peut-être, nous verrons bien… Je sais que tu es carnivore, mais tu n'y peux rien. Nous nous battons l'un contre l'autre pour nourrir nos familles mais je n'éprouve pas de haine contre toi.

Le vieux loup et le jeune garçon parlent longuement en dévorant les truites et en riant de l'ironie de la situation. Soudain le loup tend l'oreille : « Un chien aboie ! *dit-il*, il a senti mon odeur, il va ameuter les chasseurs du village voisin, je dois partir tout de suite. Merci pour tout ! » Et le loup s'enfuit dans la forêt, courant en boitant sur ses trois pattes valides.

Esprit-léger reprend son chemin quand soudain le chien surgit, il a senti l'odeur du loup sur le jeune garçon et le traque. Une course-poursuite s'engage dans la forêt ; ils courent entre les arbres, évitent les branches, sautent par-dessus les fossés ! A cavaler sans s'arrêter Esprit-léger se retrouve bientôt au milieu d'une vaste prairie à la périphérie du bois.

2. Savoir attendre

Voilà l'enfant de la forêt au milieu d'un troupeau de grands chevaux blancs, bruns et noirs. Il porte sur lui l'odeur du loup et le chien le poursuit encore en aboyant, alors les chevaux paniquent ! Ils hennissent, se cabrent et courent dans toutes les directions. Des coups de sabots sont lancés au hasard, les étalons font de grands et dangereux mouvements de têtes ! Ils s'énervent et une vague de panique traverse la prairie.

Esprit-léger est comme pris dans un cyclone, il sait que le moindre coup peut lui être fatal, il reste immobile au milieu de l'agitation et respire profondément. Il a envie de bondir pour s'enfuir mais il entend le vieux paysan qui s'approche en courant. « Reste ici ! Ne bouge pas ! Ne fais rien ! » lui crie-t-il. Puis le vieil homme ordonne au chien qui ne cesse d'aboyer d'intervenir. Le chien mord les jarrets des chevaux pour les éloigner du garçon.

Esprit-léger, qui n'avait pas bougé d'un millimètre, s'écarte alors du troupeau, retrouvant ses esprits. Le paysan va à sa rencontre :
- Ca va mon garçon, rien de cassé ?
- Tout va bien, merci beaucoup monsieur, votre conseil de ne pas bouger m'a sauvé la mise !
- Oui, jeune homme, il en va souvent ainsi dans la vie, c'est en cherchant à t'enfuir que tu te fait prendre. Attendre calmement est souvent un choix judicieux ; *répond le vieil homme.*
- Croyez-vous que je pourrais vous être utile dans votre travail ?
- La bonne volonté est toujours utile mon garçon ! tu peux rester ici au village le temps que tu voudras, *répond l'agriculteur,* enthousiaste.

Esprit-léger reste ainsi plusieurs jours dans la ferme. Le vieil homme lui enseigne bien des choses sur son exploitation agricole. Surtout le travail et l'amour de la terre. « Si tu enlèves les mauvaises herbes avant qu'elles aient toutes germées, il te faudra y retourner une seconde fois ! » a-t-il donné comme exemple pour apprendre au jeune homme la patience et l'écoute de la nature. Esprit-léger découvre quel destrier incroyable est le cheval pour chasser, voyager ou tirer la charrue pour travailler la terre. Et il est également un camarade très fidèle, mais on ne peut rien obtenir du cheval par la force. C'est ce compagnon qui a enseigné la patience et l'écoute au paysan. « Il faut respecter chaque être vivant pour que certains d'entre eux puissent devenir de véritables amis. » A-t-il confié à Esprit-léger.

C'est ainsi, dans cette jolie petite ferme, qu'Esprit-léger a appris l'importance du non-agir, cela même qui l'a sauvé au milieu des chevaux agités. Parfois la meilleure chose à faire est d'être patient. Mais le paysan a précisé une chose essentielle : « N'utilise jamais le non-agir par fainéantise. C'est uniquement si tu sens avec ton intuition ou ton cœur que tu feras le bon choix. »

3. Les ressources de la terre

Esprit-léger passe de longues journées à aider le paysan dans les travaux de la ferme. Il comprend comment les villageois se nourrissent en cultivant la terre, en chassant ou en élevant les animaux. Le rythme de vie des habitants permet de maintenir un équilibre avec la nature : ils entretiennent les sols et nourrissent les chevaux. En échange ceux-ci travaillent la terre et leur crottin est utilisé pour faire pousser plus vite les cultures.

Une nuit, Esprit-léger entend une chouette ululer dehors. Il voit sa silhouette devant le disque brillant de la Lune et marche lentement jusqu'à ce grand oiseau de nuit qui lui dit : « dans la nature on cherche toujours à manger à sa faim sans être mangé. Dans le village il en va de même... » Esprit-léger n'a pas le temps de répondre que la chouette s'est déjà envolée dans l'obscurité. Il reste seul un long moment dans la nuit noire, réalisant que les chevaux sont de fidèles compagnons pour les hommes mais qu'ils finissent tout de même parfois par être mangés par ceux-ci...

Le lendemain, aux premières lueurs de l'aube Esprit-léger retourne dans le champ voir un cheval qui pâture paisiblement l'herbe fraîche couverte de rosée :
- Bel étalon dis-moi, vous autres chevaux vivez pour servir les hommes et donnez jusqu'à votre propre chair. Pourquoi ne cherchez-vous pas à vous enfuir ?
- Tu le sais, petit homme, le monde sauvage comporte bien des dangers ! Notre maître est un homme bon. Il nous offre le confort, la sécurité, les traitements quand nous sommes malades et beaucoup d'affection.
- Mais pas la liberté...
- Je me sens libre ici ! C'est simplement que je préfère donner ma vie à celui qui a pris soin de moi. Disons que je vis bien dans ce pré et je ne pense pas à la mort. Je vis de légèreté et quand je serai trop faible pour galoper ou tirer la charrue, il me mangera peut-être. J'espère que si cela arrive, sa joie de se nourrir sera aussi grande que la joie que j'éprouve à vivre.

Le cheval regarde son maître au lointain avec des yeux d'enfant. Esprit-léger comprend combien il est important de respecter toutes les formes de vie, aussi bien celles qui te mangent comme le loup que celles dont tu te nourris comme le cheval. Il s'éloigne en se disant que le paysan est véritablement un homme bon pour que les chevaux lui confient ainsi leur vie. Seul un grand homme peut entrer ainsi en communion avec la nature.

Après quelques semaines, un beau matin d'été, le paysan pose sa main sur l'épaule d'Esprit-léger et lui montre le moulin non loin de là. « Voilà où je transporte mes récoltes ; avec le blé nous faisons de la farine et avec la farine nous faisons le pain. » Le chien saute alors joyeusement sur Esprit-léger : « Suis-moi ! Je t'emmène au moulin, mes maîtres vivent là-bas, ils seront heureux de te recevoir ! » dit-il en remuant la queue.

4. La vérité d'un geste

Esprit-léger frappe à la grande porte du moulin et une jeune fille très jolie -malgré un regard un peu triste- lui ouvre. « Viens, dit-elle, je m'appelle Fleur-enivrée, mon père sort tout juste les pains du four, il est à la fois meunier et boulanger pour tout le village. Le goûter s'annonce délicieux. »

Esprit-léger est surpris et très heureux de cette rencontre improbable. A peine a-t-il le temps de passer le seuil du grand moulin que l'homme lui tend un pain encore chaud :
- Tiens mon garçon ! Nous sommes très heureux de t'accueillir, j'espère que tu te plairas ici le temps que tu passeras avec nous.
- Vous êtes très généreux ! Merci beaucoup pour cette invitation mais je ne peux pas accepter… A moins que je vous sois utile pour une tâche, qu'elle quelle soit !
- Houlà ! Ne t'inquiète pas pour cela : il y en a du travail ici !

Esprit-léger comprend mieux comment la nourriture arrive jusqu'à son assiette : même au village, il n'y a rien qui ne provienne pas directement de la nature !

Le boulanger prend beaucoup de temps et de plaisir à apprendre à Esprit-léger son dur métier. Tous les matins avant le lever du Soleil, il montre comment travailler la farine, la malaxer, ajouter la levure, la cuire…

Esprit-léger apporte fièrement ses premiers pains biscornus à Fleur-enivrée qui n'ose rien dire mais le jeune garçon comprend bien que son pain n'est pas très bon… De nombreuses matinées s'écoulent et le petit boulanger en herbe apprend comment mieux travailler la farine. Maintenant qu'il a les bons automatismes, le boulanger l'incite à se détendre. Il s'oublie alors complètement en malaxant la pâte. Les pains s'en trouvent tout de suite bien plus appétissants.
- Voilà jeune apprenti, tu as tout compris ! *lui lance, en souriant, le boulanger*. Relaxe-toi, oublie-toi, et ton travail seras une légère méditation et ton pain n'en sera que meilleur !

Cette leçon, Esprit-léger n'est pas prêt de l'oublier ! Mais il sait aussi qu'une méthode apprise pour une chose bien précise s'applique parfois à de nombreux domaines. Il se rappelle lorsque le paysan lui a enseigné comment semer de l'orge, le jeune garçon avait appris en même temps comment semer les graines de toutes les céréales !

Ainsi Esprit-léger se doute que l'état de légère méditation enseigné par le boulanger saura l'aider dans toutes ses activités. Il se souvient des enseignements de ses ancêtres et des paroles sacrés : « Tu ne pourras percevoir qu'un fragment de la vie, mais en ouvrant ton cœur tu sauras voir la Vie toute entière. »

5. L'aura de l'être

Esprit-léger prépare soigneusement la prochaine fournée de pains pour les habitants du village et pour Fleur-enivrée. Il est très concentré et très appliqué sur son travail. Soudain le chien qui poursuit une mouche dans la maison bouscule le petit boulanger. Le jeune garçon manque de tomber et s'apprête à gronder le chien. Mais avant qu'il n'ait dit un mot, ce dernier s'est déjà éloigné en courant dans tous les sens. Esprit-léger comprend vite que le coup était involontaire et qu'il n'avait pas l'intention de faire mal, c'est le plus important. Alors il sourit et ne pense plus au chien maladroit et joueur.

Il se demande pourquoi lorsqu'il est de mauvaise humeur ou concentré sur quelque chose il a besoin de beaucoup d'espace, il est facilement irritable et ne veut pas être dérangé. Méditant sur cette idée, il regarde longuement sa main et parvient à voir autour d'elle un léger halo de lumière et de chaleur. Son aura brille dans l'ombre du grand four posé à-côté. Il voit en rapprochant ses mains des filaments de lumière joindre ses doigts les uns aux autres, c'est son énergie qui rayonne.

La nuit, avant de s'endormir apparaît à sa fenêtre la silhouette de la chouette, qui fait presque un tour complet avec sa tête, et lui dit :
- Entouré par les habitants du village tu voudrais être toi…
- Oui, dans la forêt, je n'écoute que mon cœur et la nature. Mais ici je veux aussi écouter tous les conseils des habitants, alors comment puis-je savoir ce qui est bon pour moi ?
- Beaucoup de personnes doutent de leur place dans ce monde et se cachent derrière des masques, il est très difficile de les rencontrer réellement… C'est en t'ouvrant aux autres que vous trouverez le chemin, ensemble.
- Je dois donc toujours me tourner vers ceux qui m'entourent et ne pas m'attacher à moi-même, même si je ne suis pas d'accord avec eux ?
- C'est ainsi que tu seras le guide de ton cœur. Tu voleras entre les pensées de tes semblables comme je vole dans la nuit, et lorsque tu t'arrêteras sur une branche, tu seras un miroir pour les autres. Tu les renverras à eux-mêmes et tu les aideras à avancer.

Sur ces mots la chouette ouvrit grand ses ailes pour se laisser porter par le vent, en s'envolant loin dans la forêt. Esprit-léger se dit alors que même s'il n'aime pas que sa bulle d'énergie soit troublée par quelqu'un d'autre, il ne doit pas chercher à la réduire sur lui-même, mais plutôt à la faire grandir jusqu'à l'ouvrir au monde entier. Il pourra mieux comprendre les autres. Malgré tout, il doit toujours vivre avec sincérité et ne jamais perdre le contact avec la réalité : profiter des plus belles émotions, tout en acceptant avec légèreté les difficultés auxquelles la vie le confronte.

6. L'intelligence du cœur

Esprit-léger a choisi de travailler dur pour mériter le repas et la couche que lui offre le boulanger. Et depuis qu'il est ici, il montre beaucoup de bonne volonté et de courage. Mais voilà plusieurs jours qu'il prête peu d'attention à Fleur-enivrée. La jeune fille finit par se rendre si triste qu'elle reste couchée de longues journées pour qu'on lui porte un peu d'affection.

Esprit-léger est troublé par cette attitude ; il discute de longs moments avec Fleur-enivrée pour comprendre son malaise. Très vite il se rend compte qu'elle n'a pas de vraie maladie. Comme il le craignait, Fleur-enivrée se cache depuis plusieurs années derrières de grands sourires mais elle n'est pas très heureuse au fond d'elle-même…

A ses côtés, le chien passe ses journées entières à réconforter la jeune fille, pourtant celle-ci reste allongée sur le lit à somnoler. Esprit-léger est très impressionné par ce dévouement :
- Tu es très gentil, merci de prendre soin d'elle. Ta présence doit lui faire beaucoup de bien, *dit le jeune garçon pour féliciter le chien.*
- C'est ma maîtresse, jamais je ne l'abandonnerais ! *répond-il fièrement.*

La fidélité du chien rappelle au garçon les mots de la chouette : il doit devenir un miroir pour révéler aux autres leur propre vérité. Être dévoué envers et contre tout est une attitude très noble mais cela n'aidera pas la jeune fille à avancer par elle-même. Il préfère chercher à comprendre le mal qui la ronge ; la cause profonde du malaise plutôt que les symptômes. Il marche toute la soirée dans la maison et tourne en rond sans trouver de solution… « Il n'y a que ton cœur qui puisse comprendre véritablement un autre cœur. » dit la chouette posée à la fenêtre, puis elle s'envole aussitôt. Esprit-léger comprend qu'écouter une personne c'est surtout entendre ce qu'elle ne dit pas…

Esprit-léger parle donc de longues journées avec Fleur-enivrée pour essayer de la comprendre, il fait le vide en lui et ouvre sa bulle d'énergie jusqu'à la jeune fille pour ressentir ses émotions. En la laissant s'exprimer, Esprit-léger est très utile à Fleur-enivrée ; elle détruit petit à petit l'illusion de ce malaise et va chaque jour un peu mieux. Il lui fait comprendre que sa guérison ne tient qu'à elle et chaque jour, elle reprend des couleurs.

Seulement, la jeune fille réalise qu'elle ne veut pas que toute cette attention envers elle s'arrête : ses parents, ses amis… Tout le monde est à son chevet et aux petits soins avec elle. Alors elle refuse au fond d'elle de guérir vraiment. Esprit-léger se dit que pour traiter la cause il faut comprendre une personne dans son ensemble si l'on souhaite lui apporter notre aide.

7. Tisser la toile

Esprit-léger cherche comment aider vraiment son amie Fleur-enivrée. S'il passe du temps avec elle, elle voudra encore recevoir de l'attention et ne voudra pas guérir. Mais d'un autre côté s'il laisse Fleur-enivrée seule, il se dit que c'est comme s'il l'abandonnait.
- Etrange dilemme mon garçon n'est-ce pas ? *lance une araignée en descendant lentement de sa toile par un fil brillant.*
- Qui es-tu ? *demande, étonné, le garçon en levant la tête.*
- Regarde ma toile, elle est tissée entre les quatre vents, peu importe où la vie t'emmène le choix te revient toujours d'assumer ce qu'il t'arrive pour continuer à avancer.
- Nous tissons tous notre propre destin, c'est cela ?
- Nous devons comprendre chaque être dans son ensemble mais aussi tenir compte de l'environnement qui le baigne : est-ce cette jeune fille qui a besoin de ton aide, ou bien est-ce toi qui a besoin de lui apporter ton aide ? Quoi qu'il en soit cette petite doit se méfier du chemin qu'elle emprunte…
- Que veux-tu dire ?
- Nous devons tous regarder au-delà de notre propre horizon. Les lois de la vie sont plus complexes que de simples causes et conséquences, l'intention est essentielle. Ce dont tu cherches à te convaincre finit par arriver véritablement… Se faire passer pour une malheureuse attire les malheurs ! *dit l'araignée en balançant ses huit pattes dans les airs avant de filer par une faille du mur, tout proche de sa toile.*

Esprit-léger comprend qu'en respectant véritablement la vie, l'énergie va créer un cycle de réussite : en donnant de notre volonté, en apportant de la consistance à nos pensées les plus belles, elles finissent par se réaliser. Ainsi celui dont le mental est pur et embrasse la vérité attire vers lui le bonheur. Esprit-léger se souvient de l'atmosphère de liberté qui entoure le paysan auprès de ses chevaux. A l'inverse la sensation de sécurité que ressent Fleur-enivrée et qui la confine dans ce mal être doit disparaître, et pour cela il faut cesser de la plaindre et l'encourager à avancer ! Le garçon comprend ainsi comment aider son amie. Plutôt que d'être auprès d'elle comme proche d'une mourante il faut lui transmettre la joie de vivre en lui montrant l'exemple. Il veut l'emmener courir dans la plaine et grimper aux arbres de la forêt ! Mais le jeune garçon compris le remède trop tard. Le lendemain Fleur-enivrée se réveille avec une forte fièvre, elle transpire à grosses gouttes. A jouer la malade imaginaire le mal a fini par s'immiscer en elle : ce qu'on projette dans notre esprit, notre esprit le projette sur notre vie.

Tout le monde débat autour de la potion pour la guérir. Le cheval pense qu'une purée d'ail pourra aider la jeune fille, sa mère veut la traiter avec la tisane à la menthe, son père veut brûler de la sauge… Esprit-léger se souvient de l'enseignement du vieux paysan. Puisqu'aucun remède ne semble évident il appelle tout le monde au non-agir : « Attendons encore quelques heures le chien est parti chercher la guérisseuse, elle seule saura véritablement quoi faire ! C'est le vieux paysan qui vit avec ses chevaux non loin d'ici qui m'a enseigné que la meilleure chose que l'on puisse faire est parfois de s'abstenir d'agir : un bol n'est utile que parce qu'il est vide, m'a-t-il appris. »

Tous croyaient le vieux paysan un peu sénile. En plus de la sage leçon transmise par Esprit-léger ils réalisent une autre chose : on ne peut pas juger celui que l'on connaît si peu, même si c'est notre voisin. « Il faut s'ouvrir aux autres pour les connaître. » se disent-ils au fond d'eux…

8. Plus loin que soi

Les heures s'écoulent et l'état de Fleur-enivrée empire, bientôt elle transpire à grosses goûtes, tousse, peine à ouvrir les yeux. Elle comprend combien il est douloureux d'être vraiment malade et comme son comportement était ridicule de contribuer à faire grandir ce mal en elle.

Après d'interminables minutes la guérisseuse du village arrive enfin. Elle entre dans la chambre d'un pas décidé. Elle examine minutieusement la jeune fille et prépare une potion à base de thym, de romarin et de citron qu'elle verse dans la bouche entre-ouverte de Fleur-enivrée.

« Vous avez bien fait de ne lui prodiguer aucun soin, précise-t-elle. Ce léger traitement ralentira le mal, tout autre chose l'aurait aggravé ! Mais pour préparer le seul remède qui pourra la sauver, l'écorce du grand pin sacré et la liane de la forêt de hêtres sont indispensables. »

Le chien lève la patte et le museau en direction de la forêt, prêt à courir chercher les ingrédients pour que la guérisseuse puisse soigner Fleur-enivrée.
- Attendez ! *dit le boulanger d'une voix tremblante, inquiet pour sa fille malade,* le grand pin sacré se trouve à l'Ouest alors que la forêt de hêtre est en direction de l'Est...
- Alors j'irai chercher l'écorce du pin et le chien ramènera une liane. *Renvoie Esprit-léger, prêt à traverser la pénombre pour sauver la jeune fille.*
- Mais la nuit approche et la forêt est très dangereuse ! J'aime profondément ma fille mais je ne veux pas que vous risquiez de mourir tous les deux pour la sauver... Il serait peut-être plus sage que nous attendions l'aube qu'en dites-vous ?

Esprit-léger se rappelle que le non-agir ne doit jamais être utilisé par facilité mais seulement quand le destin nous le souffle à l'oreille. « Nous ne pouvons pas attendre demain, nous n'avons pas de temps à perdre, seul le choix du cœur pourra sauver Fleur-enivrée ! » lance alors le jeune garçon, bien décidé !

Ainsi le chien, fidèle compagnon de Fleur-enivrée part en courant vers l'Est alors qu'Esprit-léger prend la direction opposée pour trouver le grand pin sacré.

Esprit-léger traverse la forêt à grandes foulées, il est habitué à courir mais l'arbre sacré est très loin alors il fatigue à cavaler si vite et si longtemps. Mais il doit aller au-delà de lui-même, repousser ses limites pour parvenir au but. Il fait le vide dans sa tête, oublie sa fatigue et sa douleur pour se laisser porter par son souffle. Il sent la chaleur de son âme dans la nuit froide, il voit le chemin grâce à la lumière de la Lune entre les arbres de la forêt.

Il se dépasse et parvient au pin. Il s'excuse auprès de l'arbre et explique que c'est pour sauver la jeune fille qu'il doit le blesser ; puis il coupe un morceau d'écorce et repart. Il court encore comme le vent dans la nuit pour rapporter l'ingrédient indispensable à la potion. Le vent froid gifle ses joues et les branches des arbres griffent ses bras. Il ne sent presque plus ses jambes, mais sa volonté ne flanche pas, son cœur est bien décidé à aller jusqu'au bout. Tout se passe en nous, la détermination permet d'aller au-delà de toutes nos limites, rien ne pourra arrêter le jeune garçon !

9. Le fruit de nos actes

Pendant ce temps le chien court toujours à vive allure vers l'Est, il respire fort et s'exécute d'un pas bruyant. Il est si peu discret qu'il alerte le loup qui vient à sa rencontre. La patte du prédateur a bien guérie et, babines retroussées, il est prêt à attaquer et à mordre de ses longues dents, blanches et tranchantes.
- Que fais-tu donc dans la forêt en pleine nuit ? C'est un endroit dangereux tu sais…
- Je… Je viens chercher une liane de hêtre… *Répond le chien apeuré mais toujours déterminé !*
- Tu as de bien curieuses idées, toi… Et que comptes-tu en faire ? *répond le loup, intrigué.*
- Ma maîtresse est malade et seul cet ingrédient pourra la sauver !
- Décidément tu es bien l'esclave des hommes ! Et les créatures soumises comme toi ne méritent pas de vivre ! Le loup s'approche d'un pas lent et précis, prêt à bondir.

Le chien recule mais montre aussi les dents :
- Je me battrai s'il le faut, je ne serai jamais soumis, ni aux hommes ni à toi ! Mais j'ai des amis et je serai fier de donner ma vie pour les sauver ! Tu as choisi de rester un chasseur sauvage et je te comprends, grand loup, mais si tu ouvres l'œil, tu verras que c'est la flamme de l'amitié pour cette jeune fille qui brûle en moi !

Le loup se souvient alors de ce courant d'amitié, de ce jeune humain qui l'a délivré du piège et a partagé son poisson avec lui lorsqu'il était blessé… Il sait qu'il a comme une dette envers les hommes et il change soudainement d'avis : il décide finalement d'accompagner le chien pour l'aider à trouver la précieuse liane dans la nuit. Après de longs moments de recherche, ils tombent enfin le fameux ingrédient, d'un coup de crocs le loup sectionne la plante et la donne au chien avant de lui indiquer le chemin du retour.

Esprit-léger ne saura sûrement jamais qu'en partageant un peu de poisson avec le loup il a permis au chien de trouver la liane pour soigner Fleur-enivrée. On ne connaît pas toujours les conséquences de nos actes mais les bonnes intentions sont récompensées. C'est pour cela que le bonheur poursuit toujours les pensées les plus pures.

10. Le langage de l'âme

Esprit-léger arrive donc au moulin à bout de souffle, un morceau d'écorce du grand pin sacré dans la main. Le chien est déjà là depuis plusieurs minutes. La guérisseuse découpe la liane, broie l'écorce et lance enfin les précieux ingrédients dans une grande marmite en fonte en récitant quelques incantations. Tout le monde attend que la potion fasse effet jusque tard dans la nuit et ils finissent par s'endormir autour de Fleur-enivrée. Esprit-léger somnole… il songe qu'en acceptant dans la joie toutes les situations que la vie met sur notre chemin, il sera un miroir pour ses semblables. Nous avons le devoir d'être heureux, ne serait-ce que pour montrer la voie à suivre… Ainsi, même si Fleur-enivrée ne guérit pas, il faudra l'inonder d'idées positives et non de compassion, lui donner la foi en la vie et non la force de rester en vie… Nous devons jouir de tout ce qui bâti notre destinée.

A l'aurore, aux premiers rayons du Soleil, une douce mélodie qui provient du jardin réveille tout le moulin. Fleur-enivrée est assise en tailleur dans l'herbe et joue de la flûte, son instrument préféré. Tous sortent à toute vitesse pour retrouver la jeune fille qui les accueille avec un grand sourire, la joie de vivre retrouvée ! Une belle lumière dorée émane d'elle et éclaire ses amis et ses parents.
- Comment te remercier pour ce que tu as fait ? *Engage le père de Fleur-enivrée.*
- Je donne sans jamais rien attendre en retour, pour le seul bien de donner. *Répond humblement le garçon.*
- Tu as traversé la forêt en pleine nuit pour moi… Je me sens redevable, je te remercie du fond du cœur mais cela n'est pas suffisant… *reprend la jeune fille.*
- Tu as retrouvé ta joie de vivre, si tu respectes la Vie, et donc ta vie avant tout, c'est le plus beau cadeau que tu puisses me faire ! Je dois repartir sur les routes poursuivre mon voyage mais je ne vous oublierai jamais… et puis on ne sait pas où la vie nous mène ! J'espère vous revoir…

Fleur-enivrée prend Esprit-léger dans ses bras pour lui souhaiter bonne chance.
- Tiens Esprit-léger, prends cette flûte, elle est très chère à mon cœur mais il me ferait grand plaisir que tu la gardes avec toi. Maintenant c'est la musique du monde qu'il me faut écouter.

Le jour perce l'alcôve de la nuit et Esprit-léger reprend sa route sous le Soleil levant, dans la légèreté du matin. La chouette retourne dormir dans un tronc d'arbre. Rassurée, elle sait qu'à cet instant Fleur-enivrée est véritablement guérie parce que l'intention venait d'elle-même, spontanément. Fleur-enivrée découvre alors le plus beau cadeau que la vie nous réserve : offrir.

Troisième cycle : L'esprit de la forêt

1. La baie de la bonne fortune

Esprit-Léger se promène dans la forêt ; il marche un peu rêveur entre les faisceaux de lumière. Des feuilles tombent en se balançant jusqu'au sol ; il en saisit une au vol et la scrute attentivement : la belle couleur verte et rouge de l'automne traverse les fibres de la petite feuille de chêne. La même couleur éclaire le sol en rayures à travers les arbres.

Une douce mélodie s'élève soudain dans les airs. Esprit-léger tend l'oreille puis détache la flûte de sa ceinture pour répondre un petit air au musicien invisible de la forêt. Chaque note semble plus forte, plus proche, puis un petit oiseau bleu se pose sur une branche au-dessus de lui. L'oiseau lui jette un coup d'œil et reprend la chanson d'un air entraînant et joyeux, puis s'envole à nouveau, slalomant dans le bois entre les arbres. « Attend petit oiseau ! Reviens ! » Esprit-léger lui court après mais finit bientôt par le perdre de vue... Alors il s'arrête et parmi toutes les chansons de la forêt, il entend celle de l'oiseau s'élever vers le Ciel ; il s'accroupit et poursuit la musique en soufflant dans sa flûte.

« Les oiseaux quittent la terre avec leurs ailes, toi aussi tu peux t'élever par l'esprit, suspendu à la légèreté des nuages. » dit un renard en sortant du buisson. Esprit-léger cesse de jouer et tourne la tête...
- Non, non, continue ! C'est très beau !
- Qui es-tu et depuis combien de temps es-tu là ? *demande, intrigué, le jeune garçon.*
- Pardon de t'avoir surpris. J'aime me fondre dans mon environnement et observer la forêt... Je m'appelle Pelage-de-feu !
- Enchanté, je suis Esprit-léger.

Le renard et le garçon se promènent dans la clairière, discutant au milieu des mélodies d'oiseaux et de la pluie de feuilles, marchant sur un matelas moelleux dans une lumière diffuse et une atmosphère calme. « Tu vois ce buisson aux petits fruits mauves, on l'appelle la baie-des-curieux ! Tu devrais la goûter... On raconte que celui qui la mange peut courir pendant de longues heures sans se fatiguer ! » Esprit-léger fixe longuement le regard enjoué du renard... Après un instant d'hésitation, il répond :
- Et bien goûte-la d'abord toi-même Pelage-de-feu, d'ailleurs tu en as plus besoin que moi ! *dit Esprit-léger le sourire aux lèvres.*
- Tu veux rire ? Je suis le plus rapide des renards de cette forêt !

Au même moment un putois passe en riant :
- Et bien, voyons lequel va s'éloigner le plus rapidement de moi, et gare aux narines de celui qui traîne par ici !

Esprit-léger glisse les baies dans sa poche, puis ils s'enfuient tous les deux à grandes enjambées et discutent en chemin :
- En effet tu cours très vite ! *dit Esprit-léger.*
- Toi aussi jeune garçon ! Je dois t'avouer une chose, tu as bien fait de ne pas manger cette baie, c'était une plaisanterie, elle a mauvais goût.
- La plaisanterie ? *demande Esprit-léger.*
- Non la baie ! Elle est très amère, tous ceux qui la mangent font une grimace fabuleuse !

Les ombres des arbres s'allongent et le Soleil s'endort dans leur feuillage, alors Pelage-de-feu invite Esprit-Léger à venir passer la nuit dans sa tanière.

2. La chaleur des mains

Arrivés devant l'entrée de la maison du renard, Esprit-Léger passe la tête pour se glisser à l'intérieur mais ses épaules coincent et il ne parvient pas à se faufiler dans le minuscule terrier. Pelage-de-feu lui dit donc : « Viens avec moi nous passerons la nuit chez le castor, il habite au bord de la rivière, non loin de là. »

Les deux nouveaux amis arrivent rapidement au bord de l'eau, ils suivent le courant qui les mène jusqu'à la maison du castor. Une majestueuse forteresse de branches de bois, de feuilles et de terre se dresse comme une île au milieu de l'eau. Le castor voit les deux compagnons approcher malgré l'obscurité et se jette à l'eau pour les rejoindre sur la rive.
- Bonjour grand castor ! Veux-tu bien nous accueillir cette nuit, ce garçon et moi ? *demande le renard*.
- Bien sûr, avec plaisir ! Je prépare du poisson avec mon voisin le raton-laveur pour le repas du soir, vous tombez à pic !

Le dîner a été un véritable festin : du bon poisson frais en abondance, des pommes, du basilic... Le castor, le raton-laveur, le renard et le jeune homme ont passé toute la soirée à discuter et rire dans la chaleur de ce logis de bois et de terre au milieu de la rivière.

A un moment du repas, Esprit-léger reconnaît dans son assiette une baie-des-curieux ; il réalise qu'il en a déjà mangé avec des bouchées de ce poisson délicieux. « Mais !? Elle a très bon goût cette baie ? » s'étonne le garçon alors que Pelage-de-feu lui avait justement précisé le contraire... Le raton-laveur lui explique que sa peau se couvre d'une poussière amère, et que nettoyée avec soin elle retrouve son goût véritable.
- C'est comme ce repas, *reprend le castor*, mon ami se concentre sur ces mains, et c'est toute cette passion dans sa cuisine qui rend au poisson son goût si merveilleux !
- Je comprends cela, *dit Esprit-léger*, la chaleur de l'âme se transmet souvent par les mains...
- Mais cela signifie aussi autre chose : il y a toujours une porte qui s'ouvre là ou une autre se ferme, *lui explique le castor*. Il y a toujours une manière de préparer chaque baie la forêt pour la rendre délicieuse... Et puis tu ne serais pas ici si tu avais pu dormir chez Pelage-de-feu... Il y a toujours un chemin.
- Et moi je ne t'avais pas menti ! Un si bon fruit donne les jambes légères et le pas rapide ! *lance à son tour le renard en souriant*.

Après cette longue et très joyeuse soirée, Esprit-léger se couche et se laisse bercer par le sommeil. Il fait alors un cauchemar affreux ! Il voit en rêve d'immenses arbres autour de lui se pencher pour venir lui parler à l'oreille, et au moment où ils s'apprêtent à murmurer leur secret ils s'effondrent ; s'étant baissés trop bas les voilà déracinés, tous, gisant sur le sol... « Qu'ont-ils voulu me dire ? Peut-être qu'on ne leur prête pas suffisamment d'attention et cette négligence les inquiète... » s'interroge le jeune garçon.

3. Le roi qui voulait vendre la forêt

Le garçon se réveille haletant, il transpire, « Ouf ce n'est qu'un rêve... » Il est inquiet malgré tout, il réveille Pelage-de-feu pour lui raconter ce cauchemar. « J'ai un mauvais pressentiment ! » lui dit-il. Le renard prend le temps de rassembler ses pensées avant de répondre : « Nous irons voir le corbeau ce matin ; il est le magicien de la forêt et connaît le sens caché des rêves ; il saura interpréter celui-ci. » Alors les deux compagnons repartent sur de nouveaux sentiers, en prenant grand soin de ne pas réveiller le raton-laveur et le castor qui dorment encore paisiblement.

Une petite heure plus tard, les voilà au pied du nid du corbeau.
- J'ai rêvé que les arbres étaient déracinés, corbeau ! *crie Esprit-léger en espérant une réaction de l'oiseau-magicien.*
- Kwwwwa ? C'est très grave ! *Répond-t-il en tournant la tête et plongeant son profond regard pourpre dans celui du garçon.*
- Oui... Pardon de te déranger... Simplement j'ai l'intuition que quelque chose se trame depuis cette nuit, j'ai fait ce rêve étrange et...

Soudain, le corbeau s'envole, laissant bouche-bée le garçon et le renard. Ils marchent alors sans vraiment comprendre tout ce qui arrive et échangent quelques hypothèses : « Peut-être l'a-t-on réveillé ? », « Peut-être était-il de mauvais poil... euh... de mauvaise plume ! », « Peut-être avait-il une chose urgente à faire... ».

Ce n'est qu'à la fin de la journée que l'oiseau d'ébène revient. Pelage-de-feu entend le battement des grandes ailes noires au loin et Esprit-léger scrute l'horizon en espérant croiser à nouveau ce regard pourpre profond.
- Ton inquiétude est bien légitime petit homme, *dit alors le corbeau*. Non-loin d'ici se trouve le royaume des hommes et leur roi nous envoie une horde de bucherons pour abattre les arbres de notre forêt.
- Qu'allons-nous faire ? *s'inquiète le renard.*

A nouveau le corbeau s'envole sans répondre, abandonnant les deux jeunes camarades à leurs inquiétudes...

« Nous devons trouver ce roi ! » dit alors, déterminé, Esprit-léger. Le garçon ne peut comprendre pourquoi les hommes choisissent toujours un chef dépourvu de sens moral, qui cherche à détruire ce que la nature nous confie pour des intérêts souvent vite oubliés.

4. L'intuition que murmurent les arbres

Alors qu'ils cherchent une solution pour protéger la forêt, Pelage-de-feu demande tout-à-coup à son ami :
- Au fait Esprit-léger, comment savais-tu que la forêt était en danger ?
- Je n'en ai pas la moindre idée… J'ai été transporté dans ce rêve où les arbres s'effondrent c'est tout ce que je peux te dire, depuis, l'inquiétude ne me quitte plus.
- Je ressens ton inquiétude moi aussi…

Les deux compagnons poursuivent leur route encore un long moment, se demandant par où les hommes viendront détruire ce magnifique lieu de paix. Esprit-léger et Pelage-de-feu voudraient les convaincre de ne pas faire cet acte de barbarie. Ne sachant où aller, ils décident de suivre les nuages qui sont poussés par le vent. Ils marchent en cherchant une réponse dans le Ciel…
- J'aime regarder les nuages pour trouver mon chemin, *dit Pelage-de-feu*.
- Tu crois que l'inspiration nous vient des nuages ? *demande Esprit-léger, ne parvenant pas à faire naître en lui une idée pour aider la forêt.*
- Je ne sais pas mon ami, si seulement on pouvait cueillir un nuage ! *répond le renard*. Tu sais, chaque nuage est le souffle d'un arbre, et moi je pense bien qu'il se trouve une idée dans chacun d'entre eux…

Un écureuil passe par là, tenant une noisette entre les pattes. Il fait trois petits bonds par ici, deux autres par là… « Voilà, dit-il, c'est l'endroit idéal ! » Puis il creuse un trou et y enfouit la noisette.

« Pourquoi est-ce ici qu'il a choisi d'enterrer son butin ? *s'interroge Esprit-léger*, pourquoi ici précisément ? Peut-être se souviendra-t-il de cet endroit pour trouver à manger une fois l'hiver venu… » Le renard se demande lui-aussi d'où peut bien venir cette idée de l'écureuil de planter sa noisette ici… « Planter ? oui planter ! *reprend-il*, bien souvent les écureuils oublient leur cachette et l'année suivante une jeune tige de chêne, de noyer ou de châtaigner pousse du sol. »

Alors qui peut bien pousser le gourmand petit écureuil à semer sa précieuse récolte et à l'oublier ainsi pour que toute la forêt en profite des années plus tard ? Esprit-léger comprend que certains actes-manqués sont dictés par notre environnement. Nous appartenons à un organisme plus grand que nous-mêmes. Ainsi notre instinct nous pousse à agir pour permettre à la vie de se renouveler, nous devons l'écouter… Et puisque les nuages sont lancés dans le Ciel par les arbres et qu'ils sont les fauteuils où nos idées vont se reposer, peut-être son rêve aussi était soufflé par les arbres… Notre intuition est bien souvent dictée par l'environnement qui nous entoure, derrière un rideau d'illusions, le monde est parsemé de signes qui nous guident.

Esprit léger scrute le contour des nuages et des feuilles, il suit du regard chaque petit détail que la nature a dessiné. « Les signes du Destin se trouvent dans toutes les choses du monde, même les plus insignifiantes, et la vérité est toujours cachée quelque part. » dit le malin petit renard. Lui qui est le maître du camouflage dans la forêt, il sait que l'on oublie souvent de voir ce qui est juste sous nos yeux.

5. La douleur à la source du mal

Esprit-léger cherche l'inspiration, l'intuition. Il regarde tout autour de lui et finit par fermer les yeux pour entendre la forêt qui le berce, il écoute la chanson de l'oiseau bleu loin entre les arbres et se met soudainement à courir. Pelage-de-feu le suit en se demandant où l'emmène son camarade. Après quelques minutes de course, ils arrivent au pied d'un très grand chêne, le corbeau est sur la première branche de l'arbre.
- Dis-nous : où se trouve le chef des hommes ! *demande le renard.*
- Poursuivez votre route dans cette direction, *répond l'oiseau noir.* Vous trouverez le roi, son trône est dans le grand château. Mais prenez garde, il est difficile d'y entrer.

Esprit-léger et Pelage-de-feu continuent alors leur course, leurs foulées sont rapides et ils atteignent le château du roi avant la tombée de la nuit. Depuis la lisière du bois, ils regardent les hommes s'affairer à toutes sortes d'occupations : travailler le sol, porter ou cogner des objets, crier les uns sur les autres... Ils décident d'attendre que la nuit tombe et en profitent pour faire une petite sieste jusqu'à ce que la lumière des étoiles les réveille. Dans le noir, plusieurs feux et de nombreuses fenêtres éclairent les alentours de la forteresse.

Pelage-de-feu, champion en camouflage, s'approche lentement de la porte sans faire le moindre bruit. Une fois à hauteur du garde, il lui mord le mollet et s'écarte un peu. Le soldat se tient la jambe puis brandit son arme pour frapper le renard qui s'éloigne en prenant soin de ne pas distancer le garde enragé. Le goupil esquive tous les coups de lance et disparaît dans la forêt, poursuivit par le garde. L'entrée laissée libre, Esprit-léger peut se faufiler discrètement dans le château. Mais à chaque porte se trouve un homme en armure tenant une longue lance dans la main. A peine a-t-il passé le seuil de la porte que déjà deux gardes le poursuivent, puis bientôt trois, quatre, cinq, dix, vingt... Très vite près d'une centaine d'hommes cavalent dans tout le château pour attraper le jeune garçon.

Malgré une course remarquable au beau milieu de la nuit, qui a d'ailleurs réveillé tout le château, Esprit-léger finit par être coincé dans un couloir. Il est aussitôt mis au cachot. Dans sa cellule se trouve un homme qui porte une longue cape et une capuche noires. Esprit-léger est inquiet, il est enfermé, à bout de souffle et il ne voit pas le visage du prisonnier juste en face de lui. C'est un homme très grand, il ne lance même pas un regard à Esprit-léger...

Après d'interminables minutes les deux prisonniers finissent par briser le silence et parlent longuement du roi... de ce vieux roi malade. L'homme en noir explique que le souverain cherche depuis des années le remède de sa maladie et il dépense toutes les richesses du royaume pour trouver l'antidote... Pour pouvoir encore payer ses recherches, il décide de vendre le bois de la forêt ! C'est pourquoi il a donné l'ordre d'abattre les arbres.

Esprit-léger est en colère contre la bêtise de ce roi ! « Aucune vie ne vaut la moitié d'une forêt, » se dit-il. Puis il se calme et réalise que l'existence de ce roi doit être vraiment triste pour qu'il ose se donner tant d'importance. L'homme se lève soudainement et regarde Esprit-léger, celui-ci découvre alors les deux yeux pourpres du prisonnier. « On croirait ceux du corbeau ! », se dit-il. L'homme sort de sa poche la clef de la cellule, il ouvre la porte du cachot et sort en marchant à toute vitesse. Quand Esprit-léger réalise ce qu'il vient d'arriver, il sort à son tour, mais en courant. Le grand homme en noir a disparu et des plumes sont posées sur le sol comme pour montrer un chemin à suivre... Où cela l'emmène-t-il ?

6. Cultiver le bien

Esprit-léger ramasse les plumes de corbeau, en moins d'une minute il se trouve dans la cuisine du château… « Pourquoi ce magicien m'a-t-il mené ici ? », se demande le garçon. De toute façon il ne peut pas accéder à la chambre du roi qui est trop bien gardée, et puis il se souvient des enseignements du castor : « Une porte s'ouvre toujours lorsqu'une autre est fermée, cette fois-ci c'est celle de la cuisine ! C'est certainement le chemin à suivre. Je dois transformer ma colère contre ce roi en pensées positives et préparer quelque chose d'aussi bon que le repas du raton-laveur ! Et puis être en colère ça n'a pas de sens : ce serait une punition que je m'inflige pour le péché commis par un autre…, » se dit-il alors.

Le jeune garçon se réveille à l'aube dans le placard où il a dormi. Les cuisiniers s'agitent tout autour : « Qui a cuisiné cette nuit ? », « Ces arômes sentent bons ! », « Comment est-ce possible !? »… Esprit-léger sort de sa cachette et dit aux cuisiniers :
- C'est moi qui ait préparé ceci, c'est pour le roi !

Un homme le saisit aussitôt par le bras.
- Ne bouge plus ! Tu n'as rien à faire ici… Eh mais je te reconnais toi ! Tu es le vaurien qui a réveillé tout le château cette nuit !
- Pardon… C'était justement pour préparer ce repas au roi.
- Le roi ne mangera pas ceci ! Tu es peut-être un empoisonneur venu renverser la couronne !
- Eh bien justement à ce propos je dois vous remercier car je me suis servi dans vos réserves. Rappelez-vous je n'avais rien sur moi cette nuit, ainsi vous pouvez être sûr que ce repas est préparé avec vos ingrédients, et est donc des plus appréciable…

Esprit-léger a pourtant ajouté les délicieuses baie des curieux à sa recette, mais il ne doit pas en dire un mot, autrement le roi refuserait de manger ce plat de peur d'être empoisonné… Après qu'on a raconté cette rocambolesque histoire au roi, il demande à voir Esprit-léger pour s'entretenir avec lui. Quand le garçon entre dans la salle du trône, un garde lui ordonne de se mettre à genoux devant le roi.
- Mon grand-père m'a appris à montrer du respect devant tout le monde mais à ne jamais ramper devant qui que ce soit ! Pardonnez-moi sir, cela n'est pas pour vous offenser.
- Qui es-tu, jeune homme ? *demande alors le roi.*
- Je suis Esprit-léger, je vis avec les arbres que votre royaume a décidé d'abattre et je viens vous demander la paix…

- … Et c'est pour cela que tu m'as préparé un repas !? Un repas contre une forêt ?
- N'avez-vous jamais vu le blaireau s'acharner à construire un terrier lorsqu'il est en colère ? C'est parce qu'il parvient à transformer sa peine en une énergie positive qui le pousse à construire une nouvelle maison. Et vous, sir, vous détruisez notre maison… Moi je préfère nourrir que blesser. C'est ce que j'ai appris dans la forêt, comme beaucoup d'autres choses.
- Je suis très malade. Sans un remède, je mourrai avant que mon fils ne soit assez âgé pour régner sur le royaume…
- Mais tout ne s'achète pas et quand vous aurez rasé la forêt, avec ou sans antidote, les hommes de ce pays réaliseront que l'or ne se mange pas. Goûtez plutôt cette recette de pain brioché aux baies-des-curieux, dit le garçon en montrant le plateau du doigt, vous verrez comme manger un repas préparé avec passion peut soigner bien des maux…

7. La ruse

« En fait, je pense pouvoir vous procurer le remède à votre maladie, et justement la plante qu'il vous faut se trouve dans la forêt, » dit Esprit-léger. Le garçon espère faire venir le roi avec lui pour qu'il réalise à quel point la destruction de cet habitat naturel est un crime. Esprit-léger reprend alors : « Mais vous savez, le temps de transporter les plantes jusqu'au château leurs propriétés sont altérées, et affreusement moins efficaces. Il faudrait que vous puissiez consommer ce remède tout juste cueilli... »

Le roi hésite à nouveau, ses conseillers redoutent une embuscade et ses médecins refusent de l'exposer à la fraîcheur des bois... Mais le souverain décide de prendre le risque : « On a qu'une vie n'est-ce pas, et la mienne m'échappera avant que mon fils ne puisse gouverner si personne ne trouve de remède, alors qu'est-ce que je risque ? Après tout, il n'y a pas de jour moins bon qu'un autre pour mourir, et si ce garçon dit vrai je serais peut-être sauvé ! »

Le roi se déguise en mendiant pour ne pas alerter son peuple et part avec Esprit-léger. Ils marchent jusqu'à la lisière du bois où Pelage-de-feu les attend, dissimulé dans le feuillage. Après de chaleureuses retrouvailles, les deux amis escortent le roi plus en profondeur dans le bois.
- Au fait mon garçon, dis-moi, comment as-tu fait pour sortir du cachot dans lequel mes gardes t'avaient jeté ?
- Le monde place des signes pour trouver notre chemin, notre intuition permet de voir ces signes mais il y a toujours des obstacles à franchir ! Seulement, lorsque notre intention est vraiment pure et que nous traversons les épreuves pour avancer sans perdre foi, le Grand-Esprit permet que les choses du monde coïncident avec notre destin. L'esprit entre alors en communion avec celui de l'univers, il y a toujours une porte qui s'ouvre quand notre cœur vibre avec le cœur du monde.
- ...Mais les bonnes intentions ne suffisent pas à ouvrir une porte de cachot ?... Quelqu'un t'a aidé ?... Ou peut-être sais-tu crocheter les serrures ?
- Je pense que c'est le corbeau qui a ouvert la porte. Il a pris l'apparence d'un grand homme vêtu de noir pour me sortir de là, je l'ai reconnu à son regard. Et puis je sais que les corbeaux sont des oiseaux-magiciens ! *dit le garçon.*
- Un corbeau ne peut pas se transformer en homme ! *Reprend le roi,* cette magie n'est que superstition ! Je n'en crois pas un mot.
- Regardez le monde, grand roi. Ne voyez-vous pas sa transformation chaque jour avec les premiers rayons du Soleil ? Ne voyez-vous pas chaque mois la nouvelle Lune qui illumine la nuit et n'entendez-vous pas chaque année tous les chants qui annoncent le printemps ? Voilà la magie du monde, le cycle des grandes transformations se répètent sous vos yeux. Si vous n'y prêtez pas attention, votre cœur peut-il sentir la nature qui le baigne ? Et votre âme peut-elle parcourir le dessein auquel le Grand-Esprit vous destine ?

Le roi passe alors plusieurs semaines de convalescence, à prendre le temps de vivre au rythme de la vie. Un beau matin il prend conscience de l'ensemble formé par la forêt : la rivière qui coule, les oiseaux qui volent, les feuilles et les branches qui se balancent, les pierres, les éléments qui se décomposent et retournent à la terre... « La douleur et la maladie ont voilé mon regard sur le monde alors que la beauté a toujours été là, sous mes yeux... C'est moi qui ait refusé de voir le miracle de la Vie... » Esprit-léger est heureux de la réaction du roi, c'est ce qu'il espérait depuis le début, son intuition ne l'a pas trahi. Il sentait au fond de lui qu'en menant le roi jusqu'à la forêt, celui-ci serait enivré par l'énergie qui règne dedans... Mais il a aussi promis au roi de le sauver et il ne sait pas quelle plante pourrait soigner le vieil homme...

8. Le secret des arbres

Esprit-léger marche donc avec le roi sous la lumière diffuse du Ciel, ils avancent doucement entre les arbres. Le garçon et le renard regardent les plantes autour d'eux, ils cherchent quel fruit, fleur, tige ou feuille pourraient guérir le roi... Ce dernier observe les deux compagnons inspirés par les formes du Ciel : ils sentent, écoutent, caressent les arbres. Esprit-léger entend les murmures des feuilles et la parole du vent...

Une libellule scintillante se pose sur la main du roi, elle bouge délicatement les ailes pour sentir le souffle des arbres, regarde tout ce qui l'entoure par les mille facettes de ses yeux... Le roi comprend qu'il doit être à l'écoute de tout l'environnement et avoir un œil neuf dans chaque regard. Il ferme les yeux et se laisse bercer par les chants d'oiseaux et la beauté de la nature. Il veut sentir chaque détail du monde qui l'entoure.

Soudain le roi se sent coupable d'avoir voulu abattre cette magnifique forêt :
- Pardonnez-moi d'avoir demandé à mes bucherons de couper les arbres pour vendre le bois de la forêt...
- Moi aussi je dois m'excuser bon roi, *reprend Esprit-léger*, je vous ai dit que je connaissais le remède à cette maladie pour vous entraîner dans cette forêt... Maintenant je dois vous avouer que je ne sais laquelle de ces plantes pourra soulager les maux qui vous rongent...
- Je comprends pourquoi tu as fait cela, quelques fois derrière un mensonge se cache une bonne action. Et puis si je meurs au moins j'aurai découvert ce lieu de magie et de paix.

Le roi écoute la forêt, les arbres le guident dans sa méditation, puis il entend « La guérison vient de la foi qui brille en chacun d'entre-nous. Les bonnes pensées pour les autres sont des bonnes pensées pour soi... Tous les cœurs battent au sein d'un même cœur. »

Le froissement des feuilles alerte les trois voyageurs ; une biche bondit, légère, par-dessus une souche sur le sol. Sa robe claire et sombre à la fois rappellent à Esprit-léger que le mal et le bien sont portés par le même mouvement et sont indissociables, qu'il n'appartient qu'à nous de voir les choses du bon côté. Le roi lit l'harmonie dans le regard du garçon et lui dit « Il ne faut rien attendre des autres, il faut donner pour le seul plaisir de donner, voilà ce que j'ai compris ici. » Mais Esprit-léger pense encore plus loin : « Il faut donner car ainsi la vie donne à la vie et fait battre le cœur du monde ! » répond-il au roi.

9. Les pensées qui soignent

Un écureuil en bondissant d'une branche sur une autre fait tomber une pomme de pain sur la tête d'Esprit-léger qui pose aussitôt sa main là où il a mal, sans réfléchir... Puis il se souvient du message du raton-laveur et de la chaleur qui se transmet par les mains. Les grands yeux plein d'amour et de compassion de la biche se posent sur le vieux roi fatigué, mais apaisé par la beauté de la forêt. A son tour Esprit-léger le regarde, il voit la bulle d'énergie du vieil homme et lui dit ceci : « Le monde n'appartient à personne, là où se trouvent vos pieds vous êtes à votre place. »

Le roi commence à comprendre que la Terre n'est qu'une seule et unique chose, qu'il n'y a pas des millions de pays mais un seul pays, car nous sommes tous les citoyens de la nature et du Ciel avant d'être les citoyens d'un royaume. « Il faut prêter l'oreille au chant du silence sinon notre propre parole finit par nous rendre sourd, » pense-t-il à voix haute. Il se dit que sa couronne, son pouvoir et sa gloire ne sont que fumée, et que son vieux corps malade n'est que poussière ; et seule cette âme qui brille en lui est réelle.

Esprit-léger présente ses mains au Ciel pour qu'elles soient purifiées par le vent, il reste assis un long moment jusqu'à ce que son souffle vibre avec le souffle de toute chose. Puis il applique délicatement tous ses doigts sur le dos du roi. Le vieil homme se détend et s'endort paisiblement sous le massage du jeune garçon. Esprit-léger comprend comment faire circuler l'énergie entre ses mains et le corps fatigué du roi et lui prodigue de grands soins. Il irradie d'une lumière blanche et pure tout le corps du souverain.

De longues heures passent et puis le roi se réveille enfin... Il se sent bien, rempli d'énergie, enfin il comprend que son château, sa cour et tout son royaume appartiennent à un royaume bien plus grand. « Nous respirons tous un seul air, nous buvons tous une seule eau, nous marchons tous sur une seule terre et la même lumière nous éclaire... Alors à quoi bon toutes ces frontières ? A quoi bon toutes ces guerres pour s'arracher et revendre ce qui ne nous appartient pas ? Merci Esprit-léger de m'avoir montré cette voie. Tu ne m'as pas menti, tu m'as bien mené à la plante qui m'a soigné. Cette plante c'est chaque tige, chaque feuille et chaque fleur de la forêt. J'éduquerai mon fils à préserver la nature car cette richesse est plus grande que tout l'or du château ! »

Le roi réalise enfin qu'on ne peut tout contrôler. Plutôt que de chercher à maîtriser ce qui ne peut l'être, nous devons accompagner le changement du monde car la nature connaît le chemin qui nous mène au Ciel.

10. Le mystère de la forêt

Pelage-de-feu raccompagne le bon roi à son château. Mais quand le souverain se présente à la porte d'entrée les gardes ne le reconnaissent pas ainsi habillé en mendiant et en si bonne santé « Notre roi est un vieil homme malade vêtu de tuniques en rubis et en or ! Vous n'êtes pas notre roi alors déguerpissez où vous goûterez de nos lances ! » lui disent-ils.

Alors le bon roi monte en haut du plus grand arbre en face du château et s'écrie : « Ecoutez votre roi, habitants du château ! J'ai guéri du mal qui me rongeait : cette douleur était portée par mes propres pensées noires, parce que je ne voulais pas voir la beauté du monde ! La forêt a su soigner un roi, elle saura soigner tout le royaume, alors préservons-la afin qu'elle nous préserve ! Et plantons encore des pommiers, des cerisiers, des poiriers car c'est lorsqu'ils sont debout que les arbres nous délivrent leur vraies richesses. »

Tous les habitants du château crient « Le roi est mort ! Vive le roi ! » et mille lièvres traversent la plaine pour fêter l'avènement du nouveau souverain des hommes. Pelage-de-feu connaît la sagesse des lièvres : la renaissance des idées et un nouveau commencement dans cette vie qui continue.

Esprit-léger veut offrir l'eau à la forêt pour la remercier de tout ce qu'elle partage chaque jour. Il prend alors sa flûte pour jouer une musique qui entraîne de nombreux oiseaux à suivre la mélodie, à leur tour les grenouilles du lac chantent en chœur ! Ils jouent le chant de l'Univers que chaque créature, chaque plante et chaque pierre fredonne déjà lorsque souffle le vent. « Les grenouilles savent faire pleuvoir en chantant, *se dit le garçon*. Et moi je sais inviter les grenouilles à chanter. C'est pourquoi le Grand-Esprit nous a fait vivre tous ensemble sur Gaia, car nous avons tous quelque chose à apporter aux autres, car nous pouvons tous avancer ensemble. »

En haut de l'arbre le roi sent cette fine pluie caresser son visage. Il se rappelle les belles paroles d'Esprit-léger sur la beauté de la nature, et il se demande à nouveau : « Le corbeau s'est-il vraiment transformé en homme ? »

La douce pluie crépite sur les feuilles et trouble les mares en formant mille petits cercles. Dans la pénombre, au loin, apparaît la silhouette du lynx. Le beau félin marche à pas de velours sur l'horizon de brume, entre les arbres, sans un bruit, comme s'il marchait dans un nuage. Jamais de toute son existence il ne passe deux fois sur le même sentier car la vie a toujours besoin d'emprunter un nouveau chemin. Tous les arbres habitent la forêt, tous les nuages habitent le Ciel. Il en va de même pour la magie des rêves, celle du corbeau comme toutes les autres, comme tous les secrets, tous appartiennent à un plus grand mystère. Le lynx est le gardien des murmures de la forêt. Esprit-léger voit la silhouette du beau félin se fondre dans la brume, « Voilà le chemin, » dit-il alors.

Quatrième cycle :
L'océan du savoir

1. Le lâcher-prise

Esprit-léger ferme les yeux et sent le vent chaud qui souffle en direction du Soleil couchant, il prend alors cette direction. Il marche paisiblement dans la grande forêt, sans savoir où son intuition le mène, il aime marcher ainsi à la rencontre du hasard. Plus il avance et se rapproche de la côte, et plus les arbres sont courbés par le vent marin. « Lorsque le vent souffle fort, les branches des arbres cassent. Lorsque le vent souffle longtemps, les branches plient sans rompre. La force des arbres et donc leur persévérance pour apprendre à épouser le mouvement, » réalise le garçon.

Il poursuit sa progression dans la forêt, les arbres sont plus espacés et tortueux ; le sol plus sec et friable. Bientôt le sable s'envole, caressant les troncs qui ont épousé le souffle de l'océan.

La lumière s'engouffre à travers les feuillages. Esprit-léger est arrivé à la lisière du bois, sur une dune de sable, en face de la mer qui paraît infinie. Le Soleil brille sur le va-et-vient incessant des vagues. Elles se fracassent sur les rochers et laissent glisser des filandres d'eau couvertes d'écume. Il s'assoie sur la dune et ferme les yeux. Il entend le chant de l'océan et respire au rythme des vagues. Il inspire quand l'océan se rétracte et souffle l'air de ses poumons quand la vague s'échoue sur le sable. Il sent les vagues s'allonger à chaque souffle plus loin sur le sable, c'est la marée montante.

Esprit-léger se lève et s'approche de l'eau, il marche sur les rochers que l'océan s'apprête à recouvrir. Il marche prudemment pour ne pas glisser sur les algues ou se blesser sur les coquillages. Soudain, au moment de poser son pied, il voit un tout petit crabe, vraiment minuscule, fermement accroché à son rocher. Il évite le petit crustacé de justesse et glisse sur les algues. Il se retrouve sur les fesses, dans une mare d'eau salée au milieu des rochers.
- Tu n'as pas vu que j'allais t'écraser !? Pourquoi n'as-tu pas bougé ? *demande le garçon, alors assis dans l'eau.*
- Ce rocher m'a sauvé la vie ! Dans la mare où tu te trouves, il y a une anguille qui cherchait à me dévorer. En descendant, la marée a fait prisonnier cette terrible anguille. Heureusement j'ai pu grimper ici pour être à l'abri ! Et là encore, tu as évité de m'écraser, ce rocher est mon porte-bonheur ! *répond le petit crabe.*
- Mais la marée monte ! Et bientôt ton îlot sera submergé et l'anguille viendra te croquer !
- Attends un peu jeune homme, *lui dit l'anguille, ondulant dans la mare, qui regardait discrètement la scène.* Tu ne dois pas intervenir, chacun est libre de s'attacher à ce qu'il possède ou bien de chercher un nouvel horizon où évoluer. Regarde-moi : je suis à cet instant prisonnier d'une toute petite mare, mais l'océan viendra bientôt m'accueillir en son sein…

Esprit-léger fait le vide en lui et se souvient du non-agir, il comprend ainsi ce qu'enseigne le lâcher-prise : il est important de ne pas s'attacher aux événements dont la justice ne dépend pas de nous. L'anguille doit se nourrir pour vivre, bien que le crabe ne souhaite pas être mangé… La vie de chacun des deux dépend de celle de l'autre. Il souhaite bonne chance aux deux adversaires et continue de marcher vers l'océan, il comprend que toute la justice du monde ne peut dépendre de son jugement. Dans toutes les situations la vie avance seule.

2. Le poids du silence

L'enseignement de l'anguille est à la fois qu'il faut savoir lâcher-prise et attendre lorsque c'est nécessaire mais aussi pouvoir trouver son élément et évoluer vers ce que l'on veut vraiment devenir. Pour cela il nous faut la persévérance du vent marin qui courbe la forêt. Esprit-léger lit dans le message du monde un second enseignement : ce qui nous aide un jour peut nous piéger le reste de notre vie. L'eau monte et le rocher qui a sauvé le crabe sera son cercueil s'il ne se décide pas à ouvrir ses pinces pour se libérer de ce sentiment illusoire de sécurité. Ce qui nous appartient finit par nous posséder. Il faut une solide volonté et le courage d'abandonner le peu que l'on détient pour se tourner vers la création toute entière.

Esprit-léger est heureux de se sentir libre. Arrivé aux vagues il se laisse bercer par le courant et nage dans l'immense univers marin. Combien de mystères sont dissimulés dans les profondeurs de l'océan ? Quelle énergie est dégagée dans la valse des marées, dans le souffle des vagues ? Un pêcheur parti relever ses filets borde sa voile pour faire glisser son canot sur l'eau, jusqu'au large. Il est surpris de croiser ce garçon qui nage ici, si loin des habitations, il lui propose alors de l'accompagner relever les filets. Ils naviguent tous les deux dans la modeste embarcation, bercés par les vagues et les clapotis de l'eau.

La pêche a été fructueuse ! Quelques heures plus tard Esprit-léger et le marin rentrent au port en chantant joyeusement. Le garçon se souvient que l'anguille mange le petit crabe, et que lui-même mange l'anguille... Alors combien de créatures, juste-là en dessous de lui, seraient prêtes à le dévorer ? Il se sent minuscule dans l'univers infini qui l'entoure...

Le regard perdu sur la rive qui se rapproche, Esprit-léger distingue au loin trois hommes à genoux par terre frappés par un quatrième avec un bâton. « Je rentre à la nage ! *dit Esprit-léger*, je vous rejoindrai au port demain matin pour vous aider à relever les filets ! » puis il plonge dans la mer, oubliant tous les monstres des profondeurs...

Le temps d'arriver jusqu'à la rive plus personne ne s'y trouve, alors Esprit-léger s'approche de la grange près du champ. Trois singes dorment dans la paille, épuisés, arborant de nombreuses blessures. Depuis le large, Esprit-léger avait cru qu'il s'agissait d'hommes. Il s'agit en fait de trois singes : Miza, Kika et Iwa ; ils discutent un long moment avec Esprit-léger. Le noble de la ville, leur maître, les maltraite et les force à travailler dans les champs comme de véritables esclaves. Les singes, pourtant très intelligents, ne se rebellent pas... Esprit-léger ne comprend pas pourquoi ils subissent de tels traitements sans réagir, peut-être abusent-ils du lâcher-prise... « Il faut entendre uniquement ce qui est bon à entendre » dit Kika, « Il faut dire uniquement ce qui est bon à dire » dit Iwa, « Il faut voir uniquement ce qui est bon à voir » dit Miza. Esprit-léger ne sait comment réagir : « Ils oublient tous leurs maux, c'est cela qui permet aux singes d'être enjoués et de bonne humeur malgré la vie très dure qu'ils mènent... Alors faut-il accepter de subir les événements si l'on parvient à trouver la paix intérieure malgré la douleur... Ou bien faut-il défendre notre honneur au risque d'avoir encore plus de douleur ? »

3. Tous à bord

Esprit-léger se demande d'abord comment aider les singes... Mais ont-ils vraiment besoin d'aide ? Ils ne se plaignent pas et ne semblent pas malheureux. Pourtant le garçon ressent d'instinct qu'il doit pousser Miza, Kika et Iwa à réagir. Peut-être ont-ils peur des conséquences s'ils s'enfuient, et il ne faut jamais vivre en gardant la peur au fond de soi ! Mais de toutes façons, Esprit-léger sait qu'en libérant les singes il aidera aussi leur maître, car ne pas respecter ceux qui nous entourent c'est ne pas se respecter soi-même. Il ne peut pas laisser cette situation ainsi.

Le crabe s'attache à son rocher et en perd son jugement de la réalité, le noble exploite les singes et en perd sa vertu. « Le pouvoir que l'on croit détenir est le début de la dépendance qui nous rend aveugle et nous mène à notre propre destruction, » se dit alors Esprit-léger. Il sent au fond de lui qu'en considérant les êtres différents de soi avec mépris, l'idée rayonne car chaque pensée se répand, peut grandir et dans ce cas contaminer tous les esprits des habitants de la côte. Il ne veut pas laisser s'écouler cette rivière de mépris qui s'en va remplir l'océan des pensées des hommes.

Après avoir discuté toute la nuit, Esprit-léger finit par convaincre les trois petits singes de partir avec lui. Ils arrivent au port et retrouvent le pêcheur avec lequel notre jeune héros avait navigué la veille. Esprit-léger raconte au pêcheur comment le noble de la ville brutalise Miza, Kika et Iwa. « Cet homme est vraiment mauvais ! La richesse a corrompu son cœur, voilà son bateau personnel, prenez-le et fuyez par la mer pour ne pas qu'il vous rattrape ! » dit le pêcheur.

Miza borde la voile, Kika tient la barre et Iwa cherche les provisions dans la soute pendant qu'Esprit-léger laisse son regard se perdre à l'horizon. Il cherche au fond de lui dans quelle direction il doit naviguer. Le bateau est poussé par le vent du couchant... Puis le vent change. Esprit-léger comprend qu'il n'y a pas de vent favorable quand on ne sait pas où aller. Il décide alors de suivre la lumière que le Soleil envoie à l'aube de chaque jour ! « Il faut choisir un cap, sur la mer comme dans notre vie pour avancer vers nos rêves. » Esprit-léger dit à ses équipiers en brandissant le bras vers le lointain : « Avançons toujours vers le Soleil levant, en persévérant nous trouverons une terre fertile où amarrer, c'est certain ! »

Iwa s'écrit « Regardez derrière ! » un énorme trois-mâts les poursuit au loin. Iwa, qui a trouvé une longue-vue, observe le pont du grand bateau et découvre le pêcheur et le noble à coté l'un de l'autre. « Ce pêcheur disait être notre ami et il nous a trahi, le noble a dû acheter un nouveau bateau et soudoyer le pêcheur pour nous rattraper... » dit Esprit-léger, se demandant comment échapper à ce trois-mâts qui pourfend la mer bien plus vite que leur modeste embarcation.

4. Flotter sur la vie

Les deux hommes pourchassent Esprit-léger, Miza, Kika et Iwa. Le noble est fou de colère et dirige un canon en direction du bateau des quatre amis. Les bruits d'explosions se succèdent en soufflant une épaisse fumée noire. Les boulets de métal tombent dans l'eau et se rapprochent chaque fois un peu plus du bateau. « Ils vont finir par nous toucher ! » s'inquiète Kika.

Soudain le bateau bascule, un boulet de canon a perforé la coque et la soute prend l'eau. « Nous allons couler, *alerte Esprit-léger*, tous aux canots de sauvetage, vite ! » Ils sautent alors dans la première barque à disposition et se rendent à l'île la plus proche tandis que le bateau est englouti par la mer. Esprit-léger éprouve de la pitié et de la colère envers le noble, et aussi envers le pêcheur qu'il considérait comme son ami.

Les trois petits singes se serrent entre eux, effrayés par l'imposant trois-mâts qui avance dangereusement vers leur petite embarcation de secours. Un goéland se pose sur la proue de la barque et regarde les quatre camarades avec curiosité « La tempête détruit des maisons mais n'arrachera jamais le moindre brin d'herbes, » dit le volatile avec légèreté. Une vague frappe la barque et le goéland se laisse tomber dans l'eau, un coup de vent et il ouvre ses ailes pour s'envoler. Il se laisse porter par le courant de la mer, le souffle du vent ou les sentiers sur la terre ferme. Esprit-léger, Miza, Kika et Iwa amarrent à temps sur la rive de l'île et courent se cacher dans la forêt vierge.

Enfin à l'abri dans un tronc d'arbre creux, ils s'enlacent tous les quatre. Esprit-léger oublie sa colère envers le pêcheur en pensant au goéland. Il nous enseigne comment se laisser flotter sur la vie et accepter les événements qui arrivent sur notre chemin. « La colère est un mauvais sentiment, *se dit-il*, elle n'apporte que de la douleur. Je dois accepter ma situation et cette trahison en fait partie... »

La légèreté de l'être nous permet de ne pas nous attacher aux choses sans vertu, mais Esprit-léger sait aussi que seule la volonté permet d'accomplir notre destin, de choisir le chemin que l'on emprunte. Alors il veut finalement aider le pêcheur et le noble plutôt que de se venger. Il a pitié d'eux. Le noble qui a besoin de dominer pour se sentir vivre et le pêcheur qui pense que l'amitié est une opportunité de s'enrichir. « Aucun ennemi nous est imposé, il n'appartient qu'à nous de faire de notre vie un courant d'amitié, *se dit Esprit-léger*, bien qu'on puisse rencontrer des personnes dont le cœur est véritablement atrophié. »

5. Un seul ancêtre

Miza regarde Esprit-léger et lui dit :
- Merci de nous aider à être libres ! Et surtout merci de ne pas nous traiter comme des sauvages...
- Vous êtes civilisés... Bien plus que ce noble ! *répond Esprit-léger.*
- Mais nous sommes petits, poilus, notre peau est épaisse comme le cuir et sombre comme la terre. Pour ces raisons, bien des hommes nous maltraitent comme des esclaves. Notre maître nous frappe mais c'est certainement lui qui a le plus de douleur au fond de son cœur...

Esprit-léger sait que la nature comble toujours le vide, alors parfois nous pouvons créer une absence et pousser autrui à la combler par lui-même. Le noble doit apprendre que traiter un être vivant comme un esclave n'est pas dans l'ordre des choses.

Alors qu'Esprit-léger a envie d'expliquer au noble qu'il doit respecter les trois petits singes, Kika l'interrompt : « Essaie de ne pas penser à un éléphant... » Esprit-léger essaie... Mais maintenant que l'idée est lancée il n'arrive pas à penser à autre chose qu'à un éléphant. « Pour faire oublier les différences entre les êtres, en parler c'est aussi contribuer à les raviver... » reprend Iwa. Les quatre compagnons marchent dans la forêt vers l'autre rive de l'île. Esprit-léger comprend qu'il faut se pencher sur ce qui rassemble les individus et non sur les différences comme savoir qui a des pattes ou des nageoires, des poils ou des plumes ou une peau pâle ou brune...

Arrivés au bord de l'eau, Esprit-léger se demande au fond de lui-même quelle créature notre ancêtre pouvait-il être, il y a de cela des millions de saisons. « Comment puis-je m'en souvenir ? » se demande-t-il. Alors apparaît à la surface de l'eau une ammonite, sa coquille en spirale semble s'enrouler vers l'infini : « Toute réponse est en toi, mais seule la volonté profonde peut te révéler la vérité du monde. » Esprit-léger entend au fond de lui que tout être est un descendant de tous les rois et de tous les esclaves qui ont existé. Le Soleil est notre père et Gaia notre mère à tous. Ceux qui croient au pouvoir que donne l'argent ne sont pas civilisés en vérité.

Esprit-léger comprend que la lente mutation du temps révèle la vraie volonté qui est au fond de nous. Le Grand-Esprit nous a donné des pieds pour courir et il a donné quatre mains à Miza, Kika et Iwa pour qu'ils puissent grimper aux sommets des arbres. Mais cela n'est pas venu comme une pulsion. Je regarde la mer et je vois que la vague a toujours raison du rocher. La vraie force des êtres est leur persévérance. Nous devons être léger comme le goéland et en même temps persévérants comme le vent marin. Ainsi toutes les espèces avancent vers un nouveau monde par de multiples chemins, pourtant elles partagent la même origine. Toutes choses sur Gaia étaient contenu dans le même œuf, mais tout avance et change ! Le Grand-Esprit entend la volonté profonde des êtres qui veulent évoluer et leur donne même des ailes ou des nageoires pour qu'ils puissent découvrir de nouveaux éléments du monde.

6. L'unité du monde

Esprit-léger pense à toute cette haine sur Gaia, toutes ces guerres, toute cette douleur... Il se dit que chaque homme peut compter dans sa vie mille raisons d'être heureux ou mille raisons d'être triste. Le bonheur est un choix qui demande de la volonté. « C'est à nous de choisir nos pensées, car nos idées habitent le monde du Grand-Esprit que nous pouvons tous rejoindre. Il y a autant de pensées possibles en un instant qu'il y a de grains de sable sur ce rivage, » murmure Esprit-léger.

Une loutre de mer joue dans l'eau juste devant le garçon : elle flotte sur le dos, crache de l'eau, plonge dans l'océan et ressort un peu plus loin dans un éclat de rire...
- L'énergie doit circuler pour ne pas être perdue, *dit la loutre au jeune homme.*
- J'aimerais aider des personnes qui ont beaucoup de mauvaises pensées... *répond humblement Esprit-léger.*
- L'attachement matériel est une prison pour l'énergie...
- Que veux-tu dire ?
- Il faut voir le monde avec du recul, de l'amusement et ne pas chercher le rapport de force.
- Oui j'ai constaté cela : l'arbuste plie sous le même vent qui fait céder le grand chêne.
- C'est ainsi, tu dois courber leurs esprits vers la lumière du grand savoir et non leur imposer tes idées.
- Mais je ne suis qu'une simple pensée, un simple grain de sable dans l'océan...
- ...Ou bien tu es l'océan tout entier, et chaque grain de sable est un avenir sur ton rivage.

Esprit-léger regarde Miza, Kika et Iwa jouer sur la plage et courir dans toutes les directions. La loutre de mer est la messagère de l'océan, elle invite Esprit-léger à rejoindre le monde où se trouvent toutes les idées, tout le savoir des êtres. Pour ouvrir ce grand livre dans l'esprit il faut la curiosité d'observer les enseignements du monde.

Esprit-léger tient toujours le coquillage dans sa main, il l'approche de son oreille et entend le chant de la mer. « Si une simple coquille contient le chant de l'océan tout entier, pourquoi mon esprit ne pourrait-il pas embrasser le grand savoir formé par les pensées de tous les êtres ? » se dit alors le garçon. Esprit-léger. Il regarde l'océan et comprend que toutes les rivières, tous les fleuves, tous les lacs et toutes les mers sont liés les uns aux autres et ne forment qu'un seul et unique océan.

7. L'appel des profondeurs

De nombreux dauphins s'approchent du rivage. Miza, Kika et Iwa se précipitent à leur tour dans l'eau pour jouer avec eux. Ils s'agrippent aux nageoires en poussant de grands cris de joie. Esprit-léger s'apprête à les rejoindre pour jouer avec eux mais voit au loin le trois-mâts du noble et du pêcheur approcher. « Ils nous ont repérés, » pense-t-il. Avant qu'il n'ait pu prononcer le moindre mot, un beau et grand dauphin lui dit : « Cesse de t'attacher à tes sentiments, oublie-toi dans ton souffle et n'aies plus d'inquiétude. » Esprit-léger enjambe le dos musclé du dauphin et se laisse emmener dans les profondeurs de l'océan.

Lorsque le dauphin remonte à la surface, Esprit-léger prend une grande bouffée d'oxygène, le mouvement de son destrier marin l'oblige à calmer sa respiration. Le garçon est émerveillé par le monde sous-marin. Il voit tanguer les algues, de nombreux poissons curieux s'approchent de lui. Là une méduse fluorescente, un poisson-volant, une anguille se faufile entre les rochers. Un hippocampe trotte sur le sable marin, ses nageoires ondulent majestueusement. Esprit-léger observe cet étrange habitant des récifs, il songe que la beauté est souvent une fragile harmonie... Et voilà le frêle destrier multicolore emmené par la houle puissante, mais il ne cherche pas à lutter contre l'invincible océan, non, plutôt que combattre, il danse, le petit hippocampe vole comme un pégase dans les courants !

Les trois petits singes sont sur d'autres dauphins et rigolent encore et encore, enivrés par les profondeurs. A chaque passage à la surface les souffles des amis se répondent et se mêlent au chant marin.

Le dauphin guide Esprit-léger jusqu'au fond de l'océan. Un tentacule pourpre surgit d'une cavité dans le rocher et s'enroule autour du poignet du garçon. Un second tentacule pose une huître dans sa main. La pieuvre sort de sa cachette, s'agitant dans sa robe excentrique, et dit à Esprit-léger « Lorsqu'un grain de sable te dérange, voici ce que tu peux en faire ! » puis retourne aussitôt dans son abri.

Le dauphin ramène Esprit-léger sur la plage, il ouvre aussitôt l'huître avec une pierre et découvre la magnifique perle qu'elle contient. « Voilà donc ce que l'huître parvient à produire avec un simple grain de sable qui la dérange... »

Esprit-léger lève les yeux vers l'horizon et voit le trois-mâts qui se rapproche encore, poussé par d'épais nuages noirs. Il calme son souffle en regardant le dauphin, se laissant guider par sa respiration. Il sent l'appel de son inconscient, tout son esprit veut rejoindre le cœur du monde, il veut traverser l'océan, le Ciel et la terre, il veut devenir énergie nageant dans la matière.

8. La mâchoire de la peur

Un énorme dos gris renverse le trois-mâts en projetant l'eau de la mer jusqu'au Ciel. La coque du grand voilier se brise contre le dos de la baleine, des débris de bois s'envolent dans toutes les directions. Une vague gigantesque est soulevée par la violence du choc et s'écrase contre la rive de l'île d'où Esprit-léger, Miza, Kika et Iwa regardent la scène. Ils voient le noble et le pêcheur être projetés dans l'eau froide de l'océan.

Esprit-léger sent leur présence à distance, il les voit se débattre au fond de l'eau. Il a la tête qui tourne et s'assoit sur le sable. Il ferme les yeux, d'ici il distingue mieux les deux hommes en train de couler dans les sombres fonds marins, il les devine par la pensée. Pendant ce temps, les trois petits singes se concertent et décident d'aider le pêcheur qui les a pourtant trahis et leur maître qui les a si souvent battus jusqu'au sang. Kika fabrique un sifflet en nouant plusieurs feuilles d'arbres et brins d'herbes. Le son aigu produit par l'instrument du petit singe interpelle les dauphins qui s'approchent à nouveau.

Miza, Kika et Iwa chevauchent alors les destriers de la mer jusqu'au lieu du naufrage. Esprit-léger est allongé sur le sable, il se sent partir, traverser l'océan, il se sent vaporeux comme un nuage, lumineux comme un rayon du Soleil et furtif comme le vent. Sous l'eau il voit le noble et le pêcheur en train de se noyer, ils s'enfoncent dans les eaux sombres, ils distinguent les nageoires et l'aileron d'un énorme requin juste en-dessous d'eux. Les deux hommes voient la silhouette d'Esprit-léger dans son halo de lumière. Ils sont terrifiés par la mâchoire de l'inconnu en dessous d'eux : va-t-elle les dévorer ?

Les trois singes arrivent sur leurs dauphins, cherchent dans l'eau, regardent partout dans les décombres du voilier, pas de traces du pêcheur ou du noble. Esprit-léger se souvient de l'huître qui parvient à produire une perle à partir d'un grain de sable qui la dérange. Alors il devient une pensée lancée à travers la matière, reliée à son corps par un cordon d'argent. « L'inconnu n'est un danger que parce qu'il nous effraie, si vous n'avez plus peur, rien de mauvais ne peut arriver. Il ne faut plus calculer, il faut croire, il ne faut plus espérer recevoir, il faut donner sans attendre en retour. Il faut vous détacher des idées déjà construites dans votre esprit. »

Alors le pêcheur joint les mains et demande pardon pour toutes les mauvaises pensées qu'il a eu dans sa vie. L'aileron du requin se rapproche mais quelque chose a changé : il comprend que la mort est moins importante que le pardon. Soudain deux petites mains roses et marrons saisissent la chemise de l'homme sous l'eau et le tire jusqu'à la surface. Miza et Iwa transportent le pêcheur sur les dos d'un dauphin jusqu'au rivage où Esprit-léger semble reprendre connaissance.

Le noble disparaît dans les profondeurs mais Esprit-léger sait désormais qu'il ne peut aider celui qui ne veut pas s'aider lui-même. L'argent et le pouvoir ont corrompu son cœur alors la force obscure du monde s'empare de son être et l'aspire dans les ténèbres…

Nous sommes tous des organes d'un même corps, c'est cet ensemble que veut rejoindre Esprit-léger pour avancer vers la symbiose avec l'univers. Celui qui cherche à nuire par de mauvais actes ou de mauvaises pensées, le Grand-Esprit lui consacre une nouvelle vie d'apprentissage.

9. Le chant de l'océan

Le pêcheur se jette par terre à genoux et demande pardon à Esprit-léger pour s'être laissé corrompre. Il comprend enfin combien son choix de suivre le noble était malheureux, que vouloir être au-dessus des autres nous place plus bas que terre. Il regarde les beaux yeux de Miza, Kika et Iwa, enfin il réalise que nous sommes tous différents, mais cette fois-ci il se dit : « Heureusement, car ainsi chacun de nous est unique ! »

Tous dansent et s'amusent en voyant les petits singes faire les clowns sur la plage. Tout à coup le pêcheur regarde Esprit-léger et lui dit : « N'était-ce pas toi que j'ai vu sous l'eau au moment où j'ai été sauvé ? » Avant que le garçon n'ait le temps de répondre une profonde vibration fait trembler le sol et un chant magnifique s'échappe des profondeurs de l'océan. « C'est la baleine ! crie le pêcheur, une légende en mer raconte qu'elle connaît toutes les pensées de l'univers. C'est peut-être pour cela qu'elle nous a fait chavirer, pour nous pousser à choisir entre l'ombre des profondeurs et la lumière du Ciel... »

Esprit léger veut parler avec la baleine, il doit lui demander le chemin qu'il doit suivre désormais. Il attend de longs moments au bord de l'eau qu'elle passe à nouveau et médite en regardant l'horizon.

Pendant ce temps les autres discutent, le pêcheur leur propose de partir tous ensemble en mer. Le vent du grand large a purifié leurs pensées et ils ont encore beaucoup à apprendre les uns des autres, et du grand savoir de l'océan. « Je suis heureux de vous entendre parler ainsi. Prenez la mer, mes compagnons, et découvrez chaque jour un nouveau lieu dans votre cœur ! Je dois rester seul ici, je dois trouver mon chemin. J'attendrai la baleine aussi longtemps qu'il le faudra. »

Après de chaleureuses embrassades, le pêcheur et les trois petits singes -tous devenus navigateurs- partent sur l'eau, escortés par leurs amis dauphins. Sur l'île, alors que le Soleil se couche, Esprit-léger est seul, ses cheveux flottant dans le vent. « Je suis aveugle sans la lumière du jour et lorsque je recouvre la vue la vérité est comme ce Soleil qui révèle le monde sans se laisser regarder... » Esprit-léger découvre désormais comment promener sa pensée dans le monde, il doit apprivoiser, comme la baleine, toutes les idées qui existent.

Le garçon patiente ainsi plusieurs jours sur l'île. Il cherche comment se nourrir, il peut manger des noix de coco alors que les algues ont un horrible goût amer. Mais il comprend aussi qu'en enterrant les algues aux pieds des cocotiers, ces arbres puisent l'énergie qu'ils transforment en délicieuses noix de coco. « Ce qui est un poison pour moi est douce nourriture pour ces arbres. La vie est une symbiose où nous avons tous besoin les uns des autres. Chaque chose a sa place dans l'univers et même les ténèbres qui ont happé le noble est un terreau que le Grand-Esprit rendra fertile si les hommes en montrent la volonté sincère et profonde... »

10. La carte du Ciel

Esprit-léger écoute le chant de l'océan dans un coquillage vide qu'il colle à son oreille. La nuit tombe et la Lune semble veiller sur Gaia, elle fait danser les marées. Les vagues illuminées sont brillantes comme une perle qui a enrobé un grain de sable, qui a sublimé une idée. Esprit-léger ferme les yeux et entend le chant de la baleine qui se mêle au chant du monde. Il se souvient qu'en faisant le vide en lui, il avait réussit à projeter sa pensée dans l'océan infini.

- Cela se nomme le voyage astral, lui souffle la baleine par quelques mots dans son esprit. C'est ce voyage, par notre légèreté et notre volonté mêlées, qui nous permet de rejoindre le grand monde des pensées.
- C'est cette émanation de moi-même qui me permet de choisir la voie de mon destin ? *demande Esprit-léger.*
- En rejoignant le savoir universel tu découvriras que ton cœur n'apprend rien qu'il ne savait déjà.

Esprit-léger se souvient que, lorsque des êtres se réunissent et discutent, il se crée plus de pensées que si chacun garde ses idées de son côté. Les idées naissent ainsi dans les symbioses des êtres, elles peuvent grandir et évoluer d'elles-mêmes. Elles se muent à travers la matière et créent le monde. En vérité ce sont souvent elles qui créent les hommes et non l'inverse. En rejoignant le grand ensemble de l'univers, Esprit-léger comprend mieux la place de chaque chose.

La baleine réapparait au milieu de la nuit, elle parle longtemps avec Esprit-léger qui médite sous les étoiles. Elle lui apprend l'Histoire de la Création du Grand-Esprit. Elle connaît le langage originel, elle a vécu les temps lointains où les pluies avaient inondé le monde. Son cœur se souvient de la créature qui est l'ancêtre de toutes les espèces. Elle est l'archiviste du monde, la gardienne des grands secrets de l'Histoire, elle sait rejoindre la mémoire universelle et commune à tous les êtres. Son chant est le son qui porte toutes les destinées, qui nous guide vers le sens profond de notre vie.

- Que sais-tu des mystères de la Vie ? *demande la baleine.*
- J'ai vu l'ignorance, la peur de la différence, et elles génèrent la haine. Mais maintenant ma pensée rejoint le langage du monde et j'y découvre des milliards d'idées qui naissent, grandissent et meurent comme les êtres vivants. Mais je ne sais quel grand destin toutes ces idées cherchent à révéler au monde… Avant j'ignorais l'existence de ce monde. Maintenant que je le découvre, je suis ébloui par toutes ses lumières et je ne comprends pas vers où les êtres avancent.
- Si nous n'avions pas nos yeux, la lumière existerait-elle ? Combien d'images, de chants ou de parfums ne sont pas perceptibles par nos sens ? *répond la baleine.* Le chemin de ton esprit est plus vaste que celui de ton corps.
- Alors à quoi me fier pour suivre ma vie ?
- Ton destin est inscrit sur la toile du Ciel, car ta vie sur Gaia est le reflet du parcours de ton esprit dans le Ciel. Ecoute ton cœur, il te montrera le chemin qui te mène à la lumière, tu trouveras alors le trésor du monde.

Esprit-léger monte sur le dos de la baleine qui l'emmène à travers le grand océan du savoir. Il regarde la carte des étoiles qui est tracée sur la voûte céleste. Au milieu de toutes les belles lumières de la nuit, Esprit-léger regarde cette étoile qui brille plus fort que toutes les autres. « Qu'importe le cap que j'emprunte, le Grand-Esprit me révélera toujours la Voie que je dois suivre, l'étoile qui me guide au trésor du monde. »

Cinquième cycle :
Un trésor dans le désert

1. Les frères Gémeaux

Après avoir longtemps navigué sur le dos de la baleine à travers le grand océan du monde, Esprit-léger pose enfin le pied sur la terre ferme. Sa bonne étoile l'a mené ici, où la végétation est luxuriante et le Soleil brulant. Il marche dans les hautes herbes de la brousse, il ne sait pas où il doit se rendre. Il a suivi cette étoile qui brille plus fort que toutes les autres dans la carte du Ciel. Il veut accomplir son Destin, comprendre le cycle du monde et en découvrir le trésor intime.

Esprit-léger demande alors au grillon chanteur ce qu'est le trésor du monde, celui-ci lui répond que c'est la musique. Le garçon joue un air de flûte en marchant. Il rencontre la fourmi qui lui dit : « N'écoute pas le grillon, il ne pense qu'au plaisir des beaux jours, le trésor du monde n'est pas la musique mais les richesses que l'on accumule en travaillant. Elles seules peuvent te rendre fier ! » Un instant plus tard, une coccinelle se pose sur le front d'Esprit-léger et lui dit que le trésor du monde est l'abondance de la nature que le monde nous offre au printemps...

Esprit-léger cherche la réponse au fond de lui-même, « Il n'y a pas deux animaux qui soient du même avis, *se dit-il*, peut-être que chaque créature a son propre trésor... Alors est-ce que celui de l'homme se trouve dans la nature ? » Une abeille virevolte devant lui en bourdonnant joyeusement...

- Et toi, tu vas me dire que le trésor du monde est le miel, c'est cela ? *demande, un peu perdu, le garçon.*
- C'est vrai, le miel est notre bien le plus précieux... Nous les abeilles faisons la fête chaque jour autour de notre met favori, et toutes ensemble. Peu importe que l'on soit reine, soldat ou ouvrière, nous avons toutes accès au miel... En vérité c'est donc le partage notre plus grande richesse !

Esprit-léger discute longtemps avec l'abeille, il lui parle de sa vie dans la nature et de la société des humains. Il comprend que les abeilles vivent dans la ruche comme des organes habitent un même corps, elles sont sœurs et sont en unité. « Ce serait beau si les humains parvenaient à vivre ainsi, » se dit-il.

L'abeille raconte à Esprit-léger une vieille légende des hommes : « Il y a bien longtemps deux frères ont été élevés au fond des bois par une louve. L'un est devenu le gardien de cette forêt, le second est parti et a bâti la plus grande citée du monde. Les deux frères ont suivi deux destins bien différents mais ils ont puisé leur énergie dans la même forêt et auprès de leur mère. »

Esprit-léger pense longtemps à cette histoire en marchant dans la brousse. Le soir venu, après avoir aménagé un petit nid douillet sur une branche d'arbre, il s'endort sous les étoiles du mois de juin. Il voit se dessiner dans le Ciel la constellation des Gémeaux. Il repense à la légende contée par l'abeille et se demande s'il est possible de réunir les deux frères dans le même rêve : bâtir un royaume tout en préservant la nature ?

2. Les pinces du Crabe

Les journées s'écoulent sous un Soleil toujours plus chaud, alors que les nuits fraîches sont chacune plus courte que la précédente : juillet approche. Esprit-léger sait qu'il appartient à l'univers tout entier, il se sent toujours relié au grand océan du savoir, à l'unité du monde. Cependant il ne peut s'empêcher d'opposer la nuit au jour, la nature à la société, le bien au mal... « Tout semble en dualité et perpétuellement à la recherche de stabilité... et moi au milieu de tout cela, comment puis-je trouver mon équilibre avec le monde ? » se demande-t-il.

Il marche dans la brousse et trouve par terre un fossile de coquillage. La baleine lui avait parlé de ce temps lointain où tous les continents étaient immergés. Il écoute la mer au fond de cette coquille vide et se remémore que la vie est née dans l'abîme du grand océan...

Esprit-léger se rappelle sa traversée sur le dos de la baleine, de cette gigantesque étendue d'eau brillant sous le Soleil. Cette image lui donne soif, il s'approche alors de la rivière. Il est attentif car les grands prédateurs sont souvent à l'affût non loin des points d'eau. En approchant son visage de l'eau, il pose son regard sur un scarabée qui se promène : « Celui-ci a une sacrée armure ! » Cela lui rappelle le petit crabe qu'il avait croisé au bord de l'océan : enfermé dans notre sécurité, ne voulant pas perdre notre confort, il nous arrive de laisser passer le temps sans emprunter le chemin qui s'ouvre à nous. Soudain le scarabée ouvre sa carapace et s'envole vers le Soleil. « C'est incroyable ! Malgré sa lourde cuirasse, il arrive à décoller... Je vais le suivre, ce doit être par-là que je vais trouver le trésor du monde, *se dit-il*. Je dois franchir l'eau pour rejoindre la terre comme l'a fait notre ancêtre à tous... Peut-être trouverai-je un chemin qui mène aux cieux pour m'envoler comme le scarabée et partir à la recherche du trésor du monde. »

Alors qu'il s'apprête à bondir sur l'autre rive, la frêle gazelle le met en garde : « Tu t'en vas vers le désert, jeune homme, c'est un endroit très dangereux, sois raisonnable, reste ici où tu as l'eau et la nature, ne pars pas là-bas où tout est sec et brûlant... » Aussitôt le voisin rhinocéros intervient « Au contraire mon garçon, vas au fond de tes convictions ! Avance tout droit aussi loin que tu le peux, avec du flair tu trouveras ta vérité intérieur ! » lui dit-il. Les deux amis de la savane se chamaillent sur ce désaccord. Pendant ce temps Esprit-léger bondit par-dessus le couloir d'eau que la chaleur de l'été n'a pas complètement asséché. Une fois sur l'autre rive de cette petite rivière, s'apprêtant à partir vers le désert, il dit au rhinocéros et à la gazelle : « Nul besoin de vous fâcher pour cela, mon destin n'appartient qu'à moi et je ne fais que suivre ma bonne étoile dans le Ciel. Si je ne me trompe pas alors les événements me seront favorables ! » La gazelle et le rhinocéros sourient devant tant de légèreté et continuent à brouter paisiblement dans la plaine.

Une fois la nuit tombée, Esprit-léger voit alors la constellation du Crabe ouvrir ses pinces. « Il ne faut pas rester bloqué sur ses idées mais au contraire s'ouvrir à de nouvelles images dans l'esprit, avoir une vision toujours plus large du monde » se dit-il. Il veut alors déployer ses ailes comme le scarabée, oublier ses idées préconçues pour créer un nouveau monde.

3. Le cri du Lion

Esprit-léger marche pendant quelques jours avec un ami zèbre dans la savane. Ce dernier lui enseigne que le temps des grandes sécheresses approche, ici il faut toujours chercher l'herbe verte en suivant les nuages qui se promènent dans le Ciel. Une poignée de semaines s'écoule à nouveau et la température s'élève encore, mais Esprit-léger n'abandonne pas, il suit le cap que lui indique chaque nuit sa bonne étoile. Le courageux garçon marche d'un pas lourd dans le sable brûlant, il transpire beaucoup sous la chaleur écrasante du mois d'août.

Un chat du désert marche en trottinant près d'Esprit-léger. Il est maigre, avec une longue et fine queue et son visage ovale est souligné par un regard mêlé d'ocre et d'émeraude. « Tu sais lire les signes du monde et tu cherches à présent les messages dans le Ciel pour en découvrir le trésor... Moi le chat, nul ne peut m'attaquer par surprise ! Non pas parce que je suis attentif comme tu le fais, mais parce que je ressens les intentions des êtres. La volonté sincère d'un esprit n'est jamais perdue, à toi d'entendre les murmures de l'univers... Et choisis un très grand rêve, il te permettra de le suivre même lorsqu'il sera loin à l'horizon ! » Esprit-léger pense à tant de rêves qui l'habitent : le bonheur, les rencontres, les voyages, l'amour... ses pensées tourbillonnent et se perdent, il a chaud, il se sent faible, il peine à marcher et à garder les yeux ouverts... Il s'effondre brusquement... Son esprit se promène alors dans le monde des songes. Au plus profond du sommeil, il croise le lézard qui sait se faufiler entre les rêves. Il souffle à l'oreille du garçon : « Tu trouveras le trésor du monde dans la terre sous le grand Phénix... »

Un cri de rage résonne dans le désert et réveille soudainement Esprit-léger, encore étourdi par la chaleur. Il a dormi longtemps en plein Soleil et ses pensées ne sont plus très claires, il fait presque nuit. Le courageux jeune homme suit la constellation du Lion qui se dessine dans le Ciel, il sent que ce signe lui indiquera où se trouve l'homme qui a poussé ce cri effroyable. En effet, près d'une heure de marche plus tard, il découvre le corps inanimé du mourant, perdu en plein désert, déshydraté. A côté de lui, assis dans le sable, un chameau se repose paisiblement. Esprit-léger lui dit : « Vite, aide-moi à porter cet homme jusqu'à l'oasis la plus proche ! » Ils marchent ainsi ensemble dans le sable chaud... Puis le garçon lui demande qui est cet homme inconscient :

- C'est mon maître, il me nourrit et me soigne, c'est un homme bon. *répond le chameau*.
- Eh bien pourquoi ne l'as-tu pas transporté de ta propre initiative ?
- Il m'a demandé de le mener ici... Je me fis à lui. J'aime voyager avec mon maître, escalader les dunes et marcher de longues heures. Mais s'il a souhaité que je le mène ici, ce n'est pas pour en revenir je crois...
- Je pense que s'il ne voulait pas être secouru, il aurait fait en sorte qu'on ne puisse l'aider... Nous devons faire ce que nous dicte notre cœur pour le seul bien d'accomplir notre vie, sans s'attacher au regard d'autrui.

Esprit-léger transporte l'homme jusqu'à l'oasis la plus proche où un campement est dressé. Il peut alors laver l'homme, le rafraichir... Il se concentre et laisse ses mains l'irradier d'une douce énergie réparatrice. Le chameau, quant à lui, est finalement très fier d'avoir sauvé son maître...

Aux premiers rayons de l'aube l'homme se réveille enfin. Une longue discussion commence entre eux deux ce matin-là. Crinière-des-sables était le roi d'un pays aujourd'hui dévasté. Autrefois les habitants y vivaient en paix avec la nature, n'y prélevant que ce qui leur était nécessaire. Plus tard, d'autres royaumes ont découvert que les terres de Crinière-des-sables regorgeaient de sombre-nectar, une boisson très convoitée car elle procure puissance et ivresse. Le pays a essuyé de nombreuses attaques, les sols ont été ravagés et les habitants sont partis se cacher dans la montagne à cause des invasions répétées. Crinière-des-sables, quant à lui, est venu chercher la paix de son âme dans le désert, même s'au risque d'y perdre la vie.

4. La Vierge et la Justice

Durant plusieurs semaines, Esprit-léger aide Crinière-des-sables à canaliser son énergie. Chaque jour le roi du désert s'entraine au combat avec détermination et courage Lorsqu'on lui propose le thé, le repas ou une natte pour se reposer, il répond à chaque fois que le confort rend fainéant.

De plus en plus d'hommes se rendent à l'oasis, beaucoup sont des pilleurs qui cherchent à se procurer du sombre-nectar. Un doux matin de septembre, Pétale-sucré, une cultivatrice de l'oasis, vêtue d'une belle cape blanche, se promène sur le marché, un panier d'œufs sous le bras. « Eh toi ! Donne moi ce panier j'ai faim ! » lance un homme au regard sombre assis nonchalamment. La jeune femme refuse, affirmant qu'elle ne cédera jamais à la violence, qu'elle serait tuée plutôt que souillée ! L'homme se lève alors brusquement et saisit le bras de Pétale-sucré, le panier tombe à terre et tous les œufs se brisent à l'exception d'un seul, le plus petit, qui roule lentement sur le sable chaud.

Esprit-léger, plus à l'écoute de son intuition grâce à l'enseignement du chat, a senti ces mauvaises ondes et s'est approché pour observer. « Si je n'interviens pas c'est un acte de violence, *se dit-il,* cette jeune femme ne peut être frappée pendant que je regarde, passif… Je dois intervenir ! » se dit le courageux garçon en bousculant l'agresseur. Celui-ci se relève rapidement, fou de rage, s'apprêtant à frapper Esprit-léger. Au même instant Crinière-des-sables loge un puissant coup de poing dans le flanc de l'homme qui s'effondre sans demander son reste.

Pétale-sucré, Crinière-des-sables et Esprit-léger font connaissance puis discutent jusqu'à la tombée de la nuit. Ils voient se dessiner dans les étoiles la silhouette d'une femme tenant un épi de blé dans la main, c'est la constellation de la Vierge. « Ce message du Ciel nous indique que vient le temps des semis de céréales, » leur dit Pétale-sucré. Elle explique à ses deux nouveaux amis avec quel soin elle préserve les plus beaux grains de la récolte, ainsi plutôt que de les consommer elle les sème la saison suivante. C'est comme cela qu'elle aide la nature à être chaque année un peu plus forte face à la sécheresse.

Sur certaines dunes verdies, au contraire, elle laisse la nature se reposer, les sols se restaurer. Les amis découvrent le doux égarement des moutons gris du désert en train de paître avec sa vache et son âne. Un ver de terre sort du sol avec la fraîcheur du soir. « Laissons-le en paix, c'est un ami, *explique Pétale-sucré,* il sait examiner le sol, il l'aère et y enterre les feuilles pour le nourrir en profondeur. Sans les animaux qui vivent sous terre nous ne pourrions faire pousser toutes nos cultures, ils sont de précieux compagnons dans notre symbiose avec la nature. »

Quelques semaines s'écoulent encore et un soir Esprit-léger s'endort sous la voûte céleste. À chaque nouvelle Lune il lui semble un peu mieux comprendre le cycle de la vie. Le Ciel dessine ce mois-ci une balance et il comprend qu'entre la nature et l'homme il peut y avoir une harmonie, Esprit-léger se demande alors si respecter cet équilibre qui règne entre les forces de l'univers n'est pas la clef pour découvrir le trésor du monde. A l'inverse, si l'homme ne pense qu'à piller le monde, le Grand-Esprit fera justice et cessera de lui donner de nouveaux printemps.

5. Le Centaure entre deux venins

Il y a beaucoup d'agitation ce matin, la rumeur circule que de très nombreux cavaliers avides de sombre-nectar galopent en direction de l'oasis. Ils savent que Crinière-des-sables, le roi du désert, y a trouvé refuge et veulent le capturer. Lui seul sait où se trouvent les dernières sources de sombre-nectar, mais il ne veut rien révéler afin d'éviter que les cavaliers avides ne ravagent encore les terres. Les trois compagnons décident donc de partir ensemble, de traverser les dunes brulantes et de rejoindre la grande montagne où se cachent les peuples persécutés par les pilleurs.

Pétale-sucré ne veut pas laisser ses animaux à la merci des brigands et ainsi la vache, l'âne, le chameau et le troupeau de moutons gris les accompagnent dans leur exil. Ils marchent toute la journée durant sans faiblir et ne se reposent que le soir venu. Pétale-sucré confie son dernier œuf a Esprit-léger en souvenir du jour où ils se sont rencontrés et de sa confiance en lui. Elle sait qu'il en prendra soin pendant ce long voyage : « Peu importe quel espèce d'oiseau grandit dans ce petit œuf. Offre-lui ta chaleur pendant les longues nuits froides dans le désert et je suis certaine que tu t'entendras à merveille avec ce petit habitant à plumes ! » Crinière-des-sables regarde la scène avec beaucoup d'amitié.

Après plusieurs jours de marche dans le désert, à la nuit tombée, tous les compagnons s'endorment rapidement une fois le campement monté... Des vipères noires ont senti la présence de l'œuf et s'approchent de la poche d'Esprit-léger en rampant dans la nuit. Ressentant un danger approcher, le garçon rêve de la constellation du Scorpion, comme pour invoquer son aide. Sept scorpions entendent l'appel du garçon et viennent alors au secours du précieux œuf en protégeant les compagnons de l'invasion des vipères noires.

Esprit-léger se réveille brutalement et voit par-dessus la chorégraphie des serpents l'ombre du diable danser autour du campement ! Il regarde le Ciel et découvre dans les étoiles le cavalier mi-homme, mi-destrier, tenant un arc à la main, prêt à chasser le démon. Le jeune héros grimpe sur l'âne, prend un arc et quelques flèches. Il vérifie que l'œuf est bien dans sa poche et s'en va rencontrer le diable ! Le fier bourricot piétine les vipères, mais l'une d'entre elles parvient à bondir sur Esprit-léger ! A la seconde où il allait se faire mordre, le garçon attrape la vipère noire au vol, il la saisit fermement par le cou, proche de ses mâchoires venimeuses.

Esprit-léger et le serpent se regardent, le garçon voit couler le venin mortel le long des crochets empoisonnés. « Si j'avais saisi la vipère ailleurs qu'au cou je me serais fait mordre, c'est donc en gardant ma main proche du danger que je suis en sécurité... » se dit-il. Esprit-léger lance alors le serpent noir hors de portée et exhorte son âne à galoper en haut de la colline, vers ce diable qui danse.

6. Les cornes du diable

« Ou vas-tu ? » demande Crinière-des-sables qui se réveille à son tour. Esprit-léger lui montre le sommet de la dune : « Je vais rencontrer le diable ! » lui répond-il. Sans hésiter, Crinière-des-sables bondit par-dessus les sept scorpions et les quelques vipères noires autour du campement et part avec Esprit-léger. L'ombre pourvue de deux énormes cornes semble danser au bord d'un gouffre obscur. « Cette crevasse doit être profonde jusqu'au centre de la Terre ! » se disent-ils en approchant...

Un chacal suit les deux compagnons déterminés, mais aussi très fatigués par les longues heures de marche qu'ils effectuent chaque jour sous le Soleil. « La vie m'a chargé de me nourrir des créatures mortes pour que les cycles du monde puissent toujours se poursuivre », dit le chacal.

Les nuits sont devenues longues avec l'arrivée de l'hiver et janvier qui approche. Esprit-léger a regardé le Soleil se lever jusqu'à son zénith chaque midi, chaque fois un peu moins haut. Depuis trois jours il est fixe, il a cessé de descendre et s'apprête à atteindre à nouveau chaque jour un point plus haut dans le Ciel.

Crinière-des-sables regarde le chacal droit dans les yeux, comme pour faire face à sa propre mort au milieu de la nuit noire. Depuis des mois il est plein de rage et de colère envers ces hommes qui ont pillé son pays. Désormais il est calme, il ne veut plus combattre et commence à accepter sa vie. Esprit-léger regarde à son tour le charognard dans les yeux : « Tu auras faim ce soir encore, pauvre chacal, car notre volonté de vivre est trop forte pour que nous abandonnions notre destin si tôt. Qu'importent les craintes et la douleur, nous savons qu'un jour la justice du Grand-Esprit nous rendra en bien les épreuves que nous traversons. Nous savons que nous découvrirons le trésor du monde ! »

Les deux compagnons poursuivent leur route sur la colline. L'ombre du diable grandit, et ondule sur le sable avec toujours plus de fougue. Crinière-des-sables et Esprit-léger arrivent au sommet de la dune, ils sont surpris de découvrir un diable si petit. Les deux amis se regardent et s'esclaffent de soulagement ! Ce démon qui les a tant effrayés n'est en fait qu'une petite chèvre débordante d'énergie, dansant sur le rebord d'un profond fossé, s'amusant à bondir au bord du vide sous la lumière de la Lune.

Les deux amis, accompagnés de l'âne, rejoignent Pétale-sucré et les autres animaux qui dorment profondément. Esprit-léger s'amuse à deviner une chèvre aux longues cornes entre les étoiles brillantes. « Le seul danger est celui que mes pensées ont fabriqué, » se dit-il. Il comprend encore mieux de quelle façon chaque idée peut grandir et progresser toute seule... Esprit-léger réalise alors qu'il lui faudra apprendre à apaiser ses songes pour danser au bord de la vie sans craindre de tomber.

Aux premiers rayons du Soleil la coquille de l'œuf se brise et un oisillon nait, une magnifique petite colombe blanche s'éveille dans la poche d'Esprit-léger. Pétale-sucré se lève pour prendre l'oisillon entre ses mains et bénir cette naissance, elle regarde ses compagnons et leur dit : « Puisse-t-elle nous apporter la lumière dans notre destinée après ces nuits de craintes dans les ténèbres du désert. »

7. Le génie des moussons

Esprit-léger est heureux d'avoir rencontré Pétale-sucré et Crinière-des-sables. La première lui enseigne comment préserver la nature et la rendre plus forte. Et le second parvient petit à petit à transformer sa colère en une énergie positive et cela le rend chaque jour plus accompli. Esprit-léger se demande si le trésor du monde ne serait pas tout simplement l'amitié…

Les moutons gris sont éparpillés autour du campement, le chameau, la chèvre, l'âne et la vache sont à côté d'Esprit-léger et regardent d'un air intrigué l'oisillon encore tout doux avec son duvet des premiers jours.

Une belle girafe passe un peu plus loin d'ici, Esprit-léger voit le long cou et le visage de cette grande dame traverser les dunes.
- Bonjour grande girafe, j'aime beaucoup ta robe dorée et ces formes dessinées dessus. On dirait des pièces de puzzle qu'il a fallut poser l'une après l'autre pour te faire si grande !
- C'est comme ta vie, il te faut assembler tous les éléments de la bonne façon pour atteindre tes rêves…
- Je cherche à avoir un grand rêve ! C'est un ami chat qui me l'a conseillé, ainsi même lorsque je serai loin de mon rêve, je le verrai toujours à l'horizon.
- Tu sais, je vois bien des choses de là-haut, mais je vois surtout des hommes se faire la guerre. J'essaie de leur expliquer comment communiquer sans violence, mais simplement lever la tête pour écouter ma voix est déjà un trop grand effort pour eux…
- Moi je suis encore un jeune homme mais je t'écoute ! Propager la paix partout sur Gaia, ça c'est un beau rêve ! En plus comme tu es grande, je te verrai facilement à l'horizon si je veux te trouver pour discuter.
- Monte donc sur ma tête je vais te montrer une chose, petit homme, *dit la girafe en abaissant son immense cou jusqu'au sol*. Tu vois tous ces nuages là-bas, ils rapportent l'eau qui s'est évaporée cet été, bientôt la rivière sera en crue, il te faut faire vite si tu veux la traverser avant que ne reviennent les crocodiles qui gardent le fleuve...

Esprit-léger médite alors le reste de la soirée sur des idées de paix et continue même une fois le Soleil couché. Il ne trouve pas le sommeil et parcourt la carte des étoiles en cette nuit de février. Il voit dans les constellations le bon génie du vent verser dans le Ciel des nuages chargés de pluie.

Voila maintenant plusieurs mois qu'ils mangent peu. Les ressources sont rares dans le désert. Heureusement, Pétale-sucré parvient à préparer quelques repas convenables avec les cactus et un peu de lait de vache ou de brebis. En se rapprochant du fleuve où la végétation est plus dense, la cultivatrice peut préparer de nouveaux repas plus diversifiés.

Un guépard traverse les dunes dans un nuage de poussière, il cavale à cent à l'heure ! « Tous aux abris il va pleuvoir ! » lance le guépard sans ralentir. Crinière-des-sables rigole : « C'est un cousin des chats, il n'aime pas beaucoup l'eau lui non plus ! » A peine quelques minutes plus tard des pluies diluviennes s'abattent sur eux. Les compagnons marchent sous l'eau fraîche, contents de pouvoir enfin désaltérer leur soif. « C'est bien meilleur que le jus de cactus, » dit le petit âne à la vache.

8. Les deux Poissons

Les compagnons arrivent enfin au fleuve après de longues journées de marche sous la pluie. Ce petit ruisseau qu'Esprit-léger avait enjambé il y a quelques mois, il faut désormais le traverser à la nage pour rejoindre l'autre rive.

Esprit-léger noue une corde à sa taille et se laisse glisser doucement dans l'eau sombre pour ne pas alerter les prédateurs. Il se souvient de la chèvre qu'il voyait comme un diable. « Tant que le danger n'est pas en mon esprit, le danger n'est pas ! » se dit-il maintes fois. Alors il traverse le fleuve doucement, confiant. Les crocodiles ne le voient pas comme une proie effrayée, mais comme une créature sûre de ce qu'elle fait et donc probablement très puissante...

- Tu n'as pas peur de te faire manger jeune garçon ? *demande un crocodile aux dents acérées.*
- Non, j'ai confiance en mon destin, je sais qu'il arrivera uniquement ce qui doit avoir lieu. Je sais lire les signes du monde, ils ont fondé mes croyances en la vie.
- Comment peux-tu être si sûr de toi ? *Le crocodile bouge à peine et Esprit-léger ressent toute la puissance du grand reptile se déployer dans l'eau.*
- Cette rivière regorge de poissons, ils représentent l'abondance. Certains sont tout juste nés, d'autres viennent mourir pour donner la vie. Moi je viens ici pêcher ces deux mouvements dans mon âme : un cœur plein de foi en cette nature sans cesse renouvelée et un corps qui peut nourrir l'arbre de la vie. Et même s'il doit passer en tes crocs pour cela, grand crocodile.
- On nous accuse souvent de manger les créatures les plus faibles des troupeaux, en vérité nous dévorons avant tout ceux qui ne croient pas en ce qu'ils entreprennent dans leur vie.... Ainsi nous envoyons rencontrer le Grand-Esprit, et nourrissons notre corps avec leur corps matériel.

En pêchant ces deux poissons spirituels, Esprit-léger accepte ses émotions vécues, et celle de son futur pour accomplir son destin. Il n'a plus peur de ce qui peut arriver. Cette conviction permet à Esprit-léger de rejoindre l'autre rive. Il noue la corde à un arbre et Crinière-des-sables attache l'autre extrémité à un solide rocher. Une fois la corde tendue, à l'aide de quelques rondins de bois liés ensemble, tous les compagnons d'Esprit-léger peuvent traverser le fleuve. La jeune colombe qui ne sait pas encore voler, ouvre ses ailes et ressent un doux parfum de liberté, posée sur l'épaule de Pétale-sucré. Elle découvre le bonheur de traverser les cieux dans le souffle du vent.

9. Le front du Bélier

Une fois le campement monté sur l'autre rive, Pétale-sucré et Esprit-léger discutent en cueillant quelques fruits mûrs. De son côté, Crinière-des-sables poursuit son entrainement intensif pour devenir un grand guerrier et un jour pouvoir protéger les peuples opprimés.

L'eau de la rivière a un peu reverdi la dune, ainsi, moutons, chameau, âne, vache : tous sont affairés à chercher les meilleurs coins d'herbes, à brouter.

Personne ne s'en est aperçu mais de nombreux hommes avides de sombre-nectar ont suivi Esprit-léger et ses compagnons à la trace. Plusieurs envahisseurs commencent la traversée du fleuve en empruntant la corde, toujours tendue entre les deux rives.

Un bélier du troupeau de moutons gris lève la tête en mâchant une bonne bouchée d'herbe fraîche. Voyant les hommes avides traverser le fleuve, il s'écarte de ses congénères et charge brutalement l'arbre où est nouée la corde. La vibration transmise par celle-ci fait tomber dans l'eau infestée de crocodiles tous ces hommes mal intentionnés. En quelques instants seulement ils sont dévorés par les puissants gardiens du fleuve…

Esprit-léger ne peut s'empêcher de ressentir de la tristesse… « Voila ce qui arrive quand on attache une trop grande importance à des choses matérielles ou que l'on croit pouvoir contrôler les êtres vivants… Le Grand-Esprit nous envoie des signes pour nous montrer la voie et des épreuves pour prouver la pureté de notre cœur. Si on ne l'écoute pas il nous rappelle à Lui… »

Chaque soir une ombre s'étend sur la plaine, les ténèbres de la nuit absorbent tout le désert. Et chaque matin le Soleil remporte la lutte contre l'obscurité. Esprit-léger a ressenti que le Soleil résiste un peu plus longtemps chaque soir, et remporte sa victoire chaque matin un peu plus tôt. Il se dit que c'est cela le trésor du monde, la lumière que nous offre le Ciel ! Elle chasse la peur et les dangers de la nuit et nous donne la chaleur. Et puis il se souvient des mots du lézard : « Tu trouveras le trésor du monde dans la terre sous le grand Phénix… » il réalise alors que ce beau Phénix c'est le Soleil qui revient à la vie chaque matin.

Suivant les conseils d'Esprit-léger tous les compagnons creusent le sol en suivant la courbe du Soleil, jusqu'au soir où ils s'endorment, épuisés.

Chaque jour Esprit-léger et ses compagnons dépensent beaucoup d'énergie pour trouver le trésor : ils creusent dans le sol du matin au soir ! mais ils n'ont rien découvert d'autre que la terre rouge de Gaia sous le sable du désert… Ce soir encore, l'ombre de la nuit s'étend sur les compagnons assoupis, et ils n'ont toujours pas découvert le trésor du monde.

Esprit-léger se souvient qu'il doit accepter les épreuves lorsqu'elles surviennent et aller à leur rencontre ; mais en voyant tous ses camarades exténués par un tel ouvrage, il doute un peu. Il se demande s'il a bien fait d'encourager ses compagnons à creuser ainsi des jours entiers… Son cœur lui a-t-il dicté le mauvais choix ? Les étoiles dessinent l'ébauche d'un bélier dans le Ciel, le héros qui a su sauver tous les compagnons d'Esprit-léger. Le mois de l'abondance pour les troupeaux approche, la constellation du Bélier annonce que la saison des prairies reverdies par les pluies arrivera bientôt.

10. L'offrande de la Génisse

La nuit est venue, de nombreux autres hommes avides de sombre-nectar ont parcouru le désert à la recherche de Crinière-des-sables. A présent dans l'obscurité, ils s'apprêtent à traverser le fleuve sur une embarcation de fortune qu'ils ont construite. Crinière-des-sables a sectionné la corde tendue entre les deux rives, puis il a demandé aux moutons de surveiller à tour de rôle s'ils ne voient rien de suspect aux alentours... mais tous les moutons gris se sont finalement assoupis. Aucun ne surveille le campement alors que l'ennemi approche silencieusement sur l'eau...

L'embarcation des hommes avides avance dangereusement. Esprit-léger rencontre la vache dans ses songes, elle lui parle des moutons gris égarés : « Nous pouvons tous sauver autrui, il faut devenir le bon berger qui nourrit les âmes comme mon lait nourrit les nouveaux nés, » dit-elle alors en cette belle nuit. Esprit-léger se réveille soudainement et voit la courageuse vache charger le bateau qui a presque traversé le fleuve. Frappée par les lances des hommes, blessée, peinant à avancer dans l'eau, elle continue à repousser l'envahisseur. Ses cornes percent la coque du bateau qui prend l'eau et se renverse. Bientôt cent crocodiles se précipitent sur les hommes et la vache blessée pour les dévorer...

Aux premières lueurs les crocodiles sont repartis, rassasiés, les moutons gris se baignent dans le fleuve et en ressortent blancs, purifiés par l'eau de ce bain, toute la poussière grise du désert a été lavée. Les crocodiles qui ont repris leur route voient dans les dernières étoiles qui résistent au jour naissant, l'esprit de la vache. Elle a donné sa vie pour sauver ses amis et a ravivé leur force de veiller au cœur des ténèbres...

Un million de tiges vertes jaillissent du sol ce matin ! En retournant la terre pour chercher le trésor Esprit-léger et ses compagnons ont permis aux graines enfouies en profondeur de germer à la surface. Esprit-léger ne doute plus, il comprend que même lorsqu'on ne sait plus ce qu'il est bon de faire ou non, il faut avoir foi, notre intention de faire le bien et notre foi en les lois universelles du Grand-Esprit trouveront toujours un écho sur Gaia.

Les étoiles disparaissent au matin et une magnifique colombe rayonne du feu du jour dans la lumière du levant. C'est la colombe qui s'envole pour la première fois de sa vie après avoir enfin pris des forces en se nourrissant des grains du sol. « Une vie s'envole vers un autre monde, une vie s'envole sur Gaia... toute les forces reviennent chaque soir au cœur du monde et renaissent à nouveau chaque matin. Il en va de même pour chaque chose, l'éternel recommencement de la vie. Voilà l'histoire du monde qui nous est contée par les étoiles du Ciel, » songe Esprit-léger. La peur de la mort disparait car la vie repose en elle, comme le jour en chaque nuit et le printemps en chaque hiver. Esprit-léger découvre enfin ce qu'est le véritable trésor du monde. Ce n'est ni le jour, ni la fertilité, ni l'amitié, ni même la lumière... Le véritable trésor du monde n'est pas sur Gaia mais en notre cœur : c'est croire avec ferveur, avoir foi, savoir qu'il y a toujours la lumière au bout de l'ombre. Et comme le miel pour les abeilles, nous devons tous partager notre foi en nous encourageant à chercher la paix. Ce rêve ne se trouve pas au bout du chemin mais dans chaque foulée qui porte notre âme à travers le désert. L'espoir de trouver une raison de vivre, c'est déjà une raison de vivre...

La jeune colombe s'envole, belle comme un phénix, vers la grande montagne. « Suivons-la, dit Esprit-léger. Nous avons dansé une valse autour du Soleil, aujourd'hui commence un nouveau cycle qui nous mènera au plus grand rêve que l'on puisse avoir : celui de la paix dans l'univers ! Celui de rejoindre le Ciel ! »

Sixième cycle :
La montagne de sagesse

1. La pauvreté

Esprit-léger et ses compagnons suivent la colombe qui vole vers la grande montagne. Ils marchent d'un pas décidé, ils savent que les brigands avides de sombre-nectar sont certainement à leur poursuite. En chemin ils rencontrent un mendiant soûl sur la voie, l'homme est sale, il sent l'alcool et tient à peine debout. Esprit-léger se demande comment un homme peut à ce point rejeter ce si beau cadeau du Ciel : notre propre vie. Il se doute que le malheureux cherche à fuir quelque chose de plus laid encore et reste un moment méditatif. Pendant ce temps son amie Pétale-sucré sort un morceau de pain d'un balluchon suspendu au flanc de l'âne. Alors qu'elle le tend au sans-logis, Crinière-des-sables intervient :
- Cet homme ne mérite pas que tu lui infliges ta pitié, Pétale-sucré…
- Ce n'est pas de la pitié ! Je suis heureuse de partager le peu que je détiens, *répond-elle*.
- L'aumône n'est le remède d'aucun maux, *reprend le fier guerrier*, seul le mérite grandit les hommes…

Le mendiant s'empresse de saisir le morceau de pain et du même geste lance sa bouteille vide qui se brise sur un rocher. Le verre vole en éclat et jonche le sol de pointes tranchantes. Esprit-léger saisit alors l'homme du regard et lui dit : « Peu trouveront la force de te respecter, mon ami, si tu ne respectes même pas ton propre habitat. D'ailleurs parviens-tu seulement à te respecter toi-même ? » Ces mots semblent dégriser le sans-logis pourtant toujours imbibé par l'alcool. Il marque un temps de réflexion puis rompt le pain. Et de sa main tremblante, il pose sur le sable un des deux morceaux pour la colombe qui vient picorer la mie, une seconde fois partagée.

Les compagnons ne peuvent perdre plus de temps et reprennent aussitôt leur longue marche. Ils doivent traverser la montagne et rejoindre la vallée pour échapper aux brigands. Le sombre-nectar a pourvu d'une grande force ces envahisseurs qui ont ravagé de nombreux pays. Mais cette boisson les a aussi rendus dépendants et agressifs. A présent ces hommes avides cherchent à capturer le roi du désert pour qu'il leur délivre les emplacements des sources de sombre nectar que lui seul connait.
- La naissance, la vieillesse, la maladie, la mort… Le Grand-Esprit nous soumet tous à de nombreuses épreuves. Certains ne parviennent pas à les surmonter… *soupire Pétale-sucré*.
- Mais à-travers ces épreuves nous purifions notre âme, nous prouvons notre force de cœur ! *répond Crinière-des-sables*.

Esprit-léger regarde la colombe qui vole, ses amis, l'âne, les moutons et le chameau qui l'accompagnant. Il se rappelle de son rêve de répandre la paix sur Gaia, ce grand rêve qu'il pourra toujours voir, même au loin. « Mon rêve est encore plus grand que cette montagne là-bas qui soulève l'horizon. Mon rêve est tout proche du Ciel, » se dit-il.

2. L'amour pour l'ennemi

Les compagnons s'approchent du pied de la belle montagne coiffée d'une jungle épaisse. Une petite brebis du troupeau discute avec ses camarades :
- Les paroles sacrées rapportent qu'il faut toujours être bienveillant dans ce que l'on fait. Ces hommes avides font tout le contraire, ce sont vraiment de mauvaises personnes, pourvu qu'ils ne puissent jamais sortir du désert !
- Voilà des propos qui ne sont pas très bienveillants non plus, *reprend Esprit-léger*. Il est plus important d'appliquer les textes à ta propre vie que de simplement les réciter, tu ne crois pas ?
- Et bien ces hommes là sont encore pires ! Ils semblent même ignorer jusqu'à l'existence des écrits sacrés !
- Le savoir d'une personne ne se mesure pas à ce qu'elle ignore… *conclut Esprit-léger*.

La colère de la petite brebis a tout de même lancé une idée dans l'esprit du jeune homme « J'aime mes amis… Alors comment puis-je être bienveillant envers ceux qui leur veulent du mal ? » Esprit-léger pense à toutes les horreurs du monde. Il songe que les pêchés et en particulier l'avidité en sont à l'origine. Tous ces êtres qui veulent posséder, dominer, qui se laissent porter par leurs envies ; c'est cela qui engendre la violence. Et il y a ici-bas tellement de violence et de tromperies…

Une larme roule sur la joue d'Esprit-léger. Il devine les basses vibrations des êtres négatifs qui les poursuivent au loin. Crinière-des-sable, ressentant la colère du garçon, lui dit : « Tu as cinq sens par lesquels tu perçois le monde : le goût, l'odorat, l'audition, la vision et le toucher. Mais ce ne sont pas eux qui doivent décider de tes sensations ! Seul ton esprit est maître de ce que tu partages avec Gaïa ! »

A ces mots Pétale-sucré ajoute :
- Tes sens te guident vers tes émotions : la joie, la surprise, la tristesse, le dégoût, la peur, la colère, le mépris… Comprends tes émotions car elles peuvent te guider mais ne les laisse pas t'affliger Esprit-léger ! Les hommes justes se sentent un peu coupable des crimes d'autrui… Malheureusement ils sont souvent impuissants face à cela…
- Nous devons en toutes circonstances faire face au présent et à notre destin, *réplique Esprit-léger,* accepter les crimes des autres, cela en fait partie si l'on veut lutter contre. C'est le pêché et non le pêcheur que nous devons haïr !

Le jeune homme comprend qu'il lui faut diriger ses émotions car elles troublent le jugement. Il veut maîtriser son mental et vaincre définitivement la tentation des mauvaises pensées. Alors, il s'assoit sur le sable et se plonge dans le bleu infini du Ciel, il calme sa respiration et relève le menton. Il comprime sa colère comme une locomotive comprime la vapeur, il canalise son feu intérieur. Il ferme les yeux, sa foi brûlante est dirigée par un mental d'acier qui remplit le garçon d'idées pures… Mais le tourbillon des malheurs du monde ne peut complètement sortir de sa pensée…

Soudain un profond barrissement fait vibrer le sol…

3. L'éléphant

Un gigantesque éléphant surgit, il marche tranquillement le long du chemin, entre les rochers qui ornent la grande montagne. Surpris de tomber nez-à-nez avec Esprit-léger et ses compagnons il pousse un barrissement sonore en levant la tête et en agitant les oreilles. Le puissant pachyderme fait trembler le sol et souffler le vent dans un bruit de tonnerre !

Puis curieusement il repart vers la montagne paisiblement. « Il connaît certainement le chemin pour la traverser, suivons-le ! » dit Crinière-des-sables. Pétale-sucré, surprise et effrayée par l'imposant mammifère a laissé tomber son sac sur le sol et plusieurs ustensiles ont glissé sur le sable. Elle se dépêche de les ramasser, de reprendre son sac, sa main tremble encore et dans la précipitation un sachet de grain tombe à nouveau au sol, puis une grande cuillère à soupe... Esprit-léger lui dit de se calmer, qu'elle a tout le temps qu'il faut. Alors la cultivatrice s'apaise puis en quelques secondes range ses affaires et reprend la route. « Vouloir faire au plus vite fait parfois perdre du temps, » murmure alors Esprit-léger.

Ils marchent tous derrière l'éléphant qui presse de plus en plus le pas. Esprit-léger poursuit sa réflexion : « La nature répond à chaque écart par un autre écart. Trop d'affection fait des enfants gâtés. Trop d'indifférence génère des sentiments bouleversés. Les hommes abondant de richesses côtoient ceux qui vivent dans la misère et les certitudes incitent les autres à douter de toi... Toute force qui s'écarte de l'équilibre entraine une force de réaction exactement symétrique. »

A présent l'éléphant court, Esprit-léger sait que le grand pachyderme n'écoutera jamais ses instructions alors il lui dit l'inverse de ce qu'il espère provoquer comme réaction : « Allez cours plus vite ! Cours plus vite ! Tu te traine gros patapouf ! » Le garçon se concentre, il ne veut pas que ses propres mots l'entrainent, il garde en son esprit l'idée bien distincte des mots. Et en réalité, tout en continuant d'encourager l'éléphant à courir il se concentre pour envoyer une grande énergie pour l'inciter à ralentir.

Pétale-sucré, à bout de souffle, dit à ses amis « Enfin, il ralenti ! Je n'aurai pas continué bien longtemps à ce rythme. » Maintenant l'éléphant marche et Crinière-des-sable distingue sur son dos un petit lapin blanc allongé qui semble se reposer à l'ombre des oreilles de l'éléphant. Avant qu'il ne puisse le montrer à ses compagnons, le lapin dit à Esprit-léger :
- Tu te mens, mon garçon ! Tu te fais croire que tu médites alors qu'en réalité tu patientes et observe tes pensées...
- Alors que dois-je observer ? le monde !? *répond Esprit-léger un peu troublé.*
- Tu as déjà vu le monde, et tu y a vu une invitation à te plonger dans le vide intérieur. C'est ensuite, depuis le vide, que tu pourras être invité à contempler la lumière de l'univers.

4. La séparation

Esprit-léger se rapproche d'une grande oreille de l'éléphant, ils arpentent ce long chemin qui serpente dans la jungle jusqu'au sommet de la montagne.
- Bonjour l'éléphant ! Je suis Esprit-léger, dis moi comment tu t'appelles.
- Pourquoi veux-tu me connaître ?
- Aujourd'hui, tu es un éléphant comme tous les autres pour moi, mais quand nous serons amis, tu seras unique à mes yeux, et moi unique à tes yeux.
- Et pourquoi souhaites-tu cela ? *insiste l'éléphant.*
- Quand je verrai tes grandes oreilles dans les nuages, ta trompe dans les formes des branches et ton dos tout rond sur les contours des rochers, le monde tout entier me fera penser à toi et il sera alors plus beau encore !
- Je serai content d'avoir un sacré bonhomme comme toi pour ami ! *répond l'éléphant.* Je m'appelle Petit-pas ! Mais ce n'est pas si simple en vérité : quand nous sommes amis, nous avons la responsabilité l'un de l'autre... Et pour cela il faut une grande sagesse car la vie d'autrui c'est quelque chose de très important !
- ...Oui ! de plus important que notre propre vie ! *répond le jeune homme.*

Le petit lapin blanc tend le museau en frétillant des moustaches. Posté sur le haut de l'éléphant, il voit un nuage de poussière se rapprocher rapidement, soulevé par la caravane des hommes avides de sombre-nectar. « Une armée approche ! Courez ! » dit le lapin effrayé, il saute du haut de l'éléphant et s'empresse de courir à travers les fougères.

« Nous pourrons traverser la montagne et rejoindre la vallée en suivant ce lapin, il nous montre un chemin plus court, » intervient en urgence Crinière-des-sable. Esprit-léger sait bien que son ami Petit-pas est visible depuis la plaine, il sait alors que les combattants avides se dirigent par ici. « Partez tous vous mettre à l'abri dans la vallée, Petit-pas et moi continuons d'avancer vers le sommet de la montagne pour faire diversion ! » Pétale-sucré enlace brièvement Esprit-léger puis tous les compagnons se lancent à travers la jungle en suivant le lapin blanc. Crinière-des-sables n'oublie pas de brouiller les traces au fur et à mesure de leur avancée.

Petit-pas reprend sa marche, il avance vite et la pente est ardue. Après de longues minutes à cavaler derrière l'éléphant, le garçon s'essouffle : « Attends-moi un peu Petit-pas ! Pourquoi marches-tu si vite ? » L'éléphant ne répond pas et continue d'avancer à vive allure. « Arrêtons-nous un instant pour manger un morceau de pain et boire quelques gorgées d'eau, » insiste Esprit-léger. « Si tu n'avais pas de nourriture l'idée de manger ne te serait même pas venue... Tu sais que chaque chose peut entraîner une chose contraire, alors c'est l'espoir qui crée les déceptions, tu ne crois pas ? Alors dis-moi maintenant que nous nous sommes un peu apprivoisés, qu'espères-tu de moi ? » Esprit-léger reste songeur, il ne s'attendait pas à entendre une question si curieuse de la part de l'éléphant...

5. Le prière

Esprit-léger est à nouveau submergé par ses pensées, comme un retour de flamme de l'énergie qu'il avait dépensé pour se concentrer… Il pense à tous les espoirs qu'il a eus pour le monde et à toutes les tristesses qui l'ont frappé. Puis il relève la tête, Petit-pas a encore accéléré, il s'éloigne vers le sommet de la montagne dans un sillon de poussière. Esprit-léger cherche à oublier la faim, la soif et le chemin à parcourir, il cherche l'équilibre entre les hommes et le monde et il cherche cela dans l'équilibre de son propre esprit. Il écoute son souffle fatigué et bruyant, il peine à se recentrer. Le jeune homme regarde l'éléphant qui s'éloigne, et il se souvient des mots de son grand-père : « La vraie victoire est de persévérer après chaque chute ! » Alors il reprend sa course et redouble de volonté. Il s'oblige à sourire pour tromper son propre corps. Mais il ne cherche pas à rattraper l'éléphant, seulement à rendre au Ciel le souffle que celui-ci lui a confié, donner de lui-même sans rien attendre en retour… Il sent le vent à chaque foulée le laver de ses frustrations. Sans même se rendre compte qu'il rattrape l'éléphant bientôt le voilà à sa hauteur.

Le garçon apostrophe alors l'éléphant : « Je n'attends rien de toi, mon ami éléphant, rien d'autre que tu sois toi-même, » dit alors Esprit-léger. Petit-pas pose son regard bienveillant sur le garçon qui court à ses côtés, ses cheveux dansent avec le vent… « Arrêtons-nous un moment, dit alors Petit-pas, mais pas pour manger : notre corps ne peut être nourri si notre âme n'est pas déjà désaltérée par la lumière du Ciel. »

Les deux amis s'arrêtent alors, Esprit-léger pose ses genoux dans la poussière et son regard sur un nuage. « Désormais attarde toi sur le présent, accepte-le et invite-le chaque fois qu'il t'appelle, et rebondit toujours d'un moment vers le suivant, accueille avec humilité le chemin que le Grand-Esprit trace pour toi » murmure l'éléphant à l'oreille d'Esprit-léger qui joint les deux mains vers le Ciel.

Après un long moment de silence Esprit-léger dit à Petit-pas :
- La colère et la tristesse compriment notre esprit et rendent le monde tout petit à nos yeux… Je ne veux plus être aveuglé par ces mauvaises émotions et ouvrir ma bulle d'énergie à l'univers tout entier !
- Mais la joie ou le plaisir ne durent qu'un court instant, si tu cherches le plaisir tu oublieras alors vite le présent, tu vivras toujours dans l'attente d'un nouvel éclair de joie !
- Il faut chercher le vrai bonheur, l'illumination permanente, c'est cela ? *demande le jeune homme.*
- Et tu ne trouveras pas le bonheur dans les choses du monde, car la vérité se trouve déjà en toi : ton cœur est relié au cœur du monde. Cherche la paix intérieure et tu trouveras la paix sur Gaia.
- Je ne veux plus du plaisir, ce n'est qu'une illusion qui nous rend capricieux ! *répond avec passion Esprit-léger,* il faut faire germer la paix de demain en la laissant grandir dans nos cœurs !
- Tu ne peux avoir un ami véritable si ton cœur n'est pas pur, cette pureté est ta sagesse mon garçon, c'est ton intention à chaque instant de ta vie.

6. Un monde de beauté

Esprit-léger a compris que seule la sagesse du bonheur donne de véritables réponses. Il sait qu'il doit vivre sa vie et vaincre la colère, l'avidité et l'ignorance pour accomplir son rêve de répandre la paix sur Gaia.

Au bord du ravin, sur ce petit sentier de terre qui slalome au milieu de la jungle, le temps semble s'être suspendu. Esprit-léger prend conscience de l'énergie, de la clarté que libère la prière en son âme. « Prier c'est voyager dans la profondeur du monde et du futur, c'est offrir un lieu à l'espoir » dit-il, les yeux brouillés par ce voyage intérieur... Il se lève et prend Petit-pas par la trompe qui le suit, ils marchent tous les deux sans un mot, sans se regarder, ils savent qu'ils partagent un sourire sincère. « C'est le plus beau cadeau du monde » pensent-ils au même instant. Esprit-léger grimpe sur la tête de son ami éléphant pour voir l'horizon magnifique s'étendre encore un peu plus loin.

Le paysage n'a pas changé, ce sont les mêmes pierres, les mêmes arbres, les mêmes nuages et le même bleu du Ciel, et pourtant tout est différent. Esprit-léger comprend que tout est beauté et que le seul voyage vraiment merveilleux n'apparaît pas au bout du monde mais dans la courbe de nos yeux, peu importe où nous nous trouvons... Tout est beauté quand on a l'humilité de voir le monde pour ce qu'il est, de l'accepter ainsi, de l'aimer ainsi.
- Je prierai pour demander au monde de prendre soin de lui, jamais pour exiger quoique ce soit. Le but de ma vie est de répandre la paix sur Gaia ! *dit le garçon, convaincu.*
- Apprends à contempler la beauté du monde sous toutes ses formes et toutes ses couleurs ! Tout ce que tu peux accomplir d'autre ici-bas n'est qu'une attente un peu bruyante...
- Et alors pour mon grand rêve de paix ? *insiste Esprit-léger,* ça ne sert à rien d'espérer ?
- C'est vers ce lieu magique, ce lieu de paix intérieure et universelle que tu te rends en marchant sur ce pont merveilleux vers l'illumination.

Pourtant, au fond de lui, Esprit-léger sent comme un dernier doute, un doute qui semble diffus, lointain, mais qui persiste... « Je ne veux plus douter, je crois en l'univers ! Mon esprit est plus fort que mon corps, » ordonne-t-il à lui-même. Esprit-léger s'est assis par terre et regarde le grand éléphant marcher le long du chemin... Il y voit la sagesse, la loyauté, le courage et la justice. Il y voit l'envie de devenir invincible, c'est-à-dire de ne jamais plus céder aux sirènes des envies, de toujours chercher la paix, de vivre son rêve à chaque instant de sa vie !

Alors Esprit-léger regarde le beau Soleil briller de toute sa lumière, il plisse les yeux et laisse cette douce chaleur caresser son visage. « A présent je remercierai chaque jour le Grand-Esprit, *dit-il,* car je dois être courageux dans les adversités et reconnaissant même dans la douleur. Mes habitudes forgeront mon caractère et y laisseront leur empreinte au plus profond de moi. Alors je dois vraiment y prendre garde, car ce caractère deviendra ma nature intime, mon Destin. »

7. Dans le cœur d'un arbre

Esprit-léger et Petit-pas s'allongent au bord du chemin sous un grand bananier pour discuter dans la fraîcheur de son ombre Le jeune homme a compris que la paix sur Gaia devait d'abord s'accomplir au fond de lui même car aucune plante ne pousse sans avoir été d'abord une petite graine enfouie dans la terre rouge : « Je dois changer en moi-même ce que je veux voir évoluer dans le monde ! » dit-il fièrement à l'éléphant qui acquiesce tout en cueillant des fruits avec sa trompe et en brassant l'air avec ses grandes oreilles. L'éléphant avale des grappes de bananes d'une seule bouchée. Esprit-léger s'allonge sur le ventre tout rond et un peu rugueux de Petit-pas :
- Alors, dis-moi mon ami, pourquoi si je change une chose en moi, elle devrait s'étendre au reste du monde ?
- As-tu déjà offert une fleur à une fille ?
- Non jamais, j'attends de trouver l'unique amour de ma vie pour cela, mon âme sœur, *répond, un peu gêné, Esprit-léger.*
- Eh bien lorsque ça t'arrivera tu te rendras compte que le parfum de la rose que tu offres reste aussi sur ta main...
- Tu veux me dire que le véritable bonheur est comme « contagieux » ?
- Je veux surtout te dire que le bonheur et la paix forment un cercle d'amour, et que l'amour est magique car plus tu le partages et plus il augmente !

Les deux amis discutent encore un moment puis s'endorment l'un contre l'autre sous l'ombre fraîche du bananier. Esprit-léger fait alors un rêve étrange : il se promène sur la crête de la montagne, il est ébloui par une lumière puissante qui lui vient du Ciel. Il ne parvient pas à bien distinguer mais il lui semble voir une femme de lumière, brillant dans le Ciel... Ebloui par ses rayons dorés, il tourne la tête et découvre que les hommes avides les ont rattrapés ! L'éléphant et lui ne peuvent plus se cacher, ils sont pris au piège, acculés au bord de la falaise, il n'y a pas moyen de fuir ! Alors Esprit-léger se souvient « Seule la paix intérieur peut répandre la paix sur Gaia... » A nouveau il se calme, il se remémore que l'énergie suit la pensée. Il voit le bananier tout proche de lui « Nul ne peut perturber ta prière, grand arbre... » puis lui vient une idée, il projette son corps astral dans le tronc de l'arbre comme s'il entrait dans une demeure sacrée par la pensée. Il sent ses jambes devenir racines, ses bras devenir branches et son esprit devenir mille feuilles caressées par le vent... Il ne voit plus Petit-pas, comme si celui-ci l'avait suivi à l'intérieur de l'arbre. Les hommes avides cherchent un moment puis poursuivent leur route...

Esprit-léger se réveille calmement, il est seul, adossé contre le tronc du bananier. Petit-pas a disparu... Le garçon monte alors en haut de l'arbre, il a une vue magnifique d'ici, au loin dans la vallée il distingue le troupeau de moutons de Pétale-sucré ! « C'est extraordinaire, ils sont déjà arrivés là-bas ! » s'écrit-il. Mais il voit sur le flanc de la montagne les hommes avides qui s'en approchent ! « Par où ont-ils bien pu passer sans que je ne les vois auparavant ? » se demande-t-il, puis il inspecte le sol et découvre bel et bien les traces de bottes des hommes avides de sombre-nectar... « Peut-être me suis-je réellement incarné dans cet arbre ? *se demande le garçon*, ou alors ce n'était qu'un rêve ? Mais alors comment se fait-il que les soldats ne m'aient pas vu dans ce cas... ? »

Un barrissement résonne dans la vallée ! C'est Petit-pas, il est déjà au sommet de la montagne ! Esprit-léger ne comprend pas comment tout ceci est possible, comment l'éléphant peut-il déjà être tout là-haut ? « Il se passe des choses étranges, » se dit-il, puis il ramasse rapidement ses affaires et court rejoindre son ami qui l'attend tout là-haut !

8. Le sommet

Esprit-léger court alors aussi vite qu'il le peut jusqu'au sommet de la montagne où il rejoint son ami l'éléphant :
- C'est affreux Petit-pas, les hommes avides ont réussi à suivre mes compagnons à travers la jungle ! A présent ils se dirigent vers la vallée ! Non seulement Crinière-des-sables, Pétale-sucré et tous les animaux sont en dangers mais aussi les habitants de la vallée que nous voulions simplement rejoindre !
- Nous devons les prévenir du danger, *répond calmement l'éléphant.*
- Mais comment ? Les hommes avides de sombre-nectar sont devant nous à présent, ils ont pris de l'avance ! Ils seront au village avant nous !
- Certes, mais ils ne prennent pas le chemin le plus court entre ici et la vallée...
- Tu connais un raccourci ? *répond Esprit-léger avec un fragment d'espoir.*
- Toi aussi tu connais ce chemin, c'est le chemin du vent. Il te suffit d'aller avec lui.
- Tu veux que je m'envole ? Mais c'est impossible !
- Impossible ? tu en es certain ?
- Mon grand-père disait souvent que rien n'est impossible... Mais tout du moins ça me semble très difficile !
- Oui je comprends ce que tu te dis : une chose est difficile alors on préfère ne pas oser... Ou bien est-ce l'inverse ?

« Maintenant que je suis au sommet de la montagne je ne peux que redescendre ou m'envoler dans les airs, » se dit Esprit-léger. Il se souvient de Pétale-sucré qui était plus rapide pour ranger ses affaires dans son sac quand elle ne se précipitait plus. Il se souvient qu'en faisant le vide en lui il avait couru si vite qu'il avait rattrapé Petit-pas... Parce qu'il ne cherchait plus à le rejoindre. « La vérité s'accomplit d'elle-même lorsqu'on a foi en elle et au contraire l'obsession de la victoire nous écarte de notre but. Le but est le chemin en lui-même. A présent pour atteindre un endroit sur la terre, c'est le Ciel que je dois viser ! » se dit Esprit-léger. Le grand éléphant glisse alors au jeune homme quelques mots pour l'encourager : « La folie est parfois la plus noble des sagesses... »

Au sommet de la montagne, dans le souffle du vent, Esprit-léger oublie tout, il laisse le pouvoir de son esprit se révéler, il n'a plus aucune certitude, il renonce à tous ses préjugés : tout devient possible ! Il ne sent plus le poids de son corps, ni ses pieds reposer sur le sol. Et bientôt, ne sachant plus qu'il est impossible de s'envoler, il finit par décoller doucement du sommet de la montagne. C'est son esprit qui s'envole et son corps y est suspendu. Il plane dans les airs mais ne sait pas comment se diriger, il s'élève jusqu'aux nuages. De là-haut il voit la montagne, il voit les hommes avides qui se précipitent vers la vallée, désormais il ne les juge plus, il veut simplement les aider. Il en va de même pour la montagne que pour toute autre chose. C'est maintenant qu'il n'est plus à chercher à en atteindre le sommet qu'il lui semble le mieux la comprendre dans son ensemble...

Soudain il croise la petite colombe qui vole entre les nuages, elle lui dit : « Tu te demandes toujours comment protéger tes amis sans avoir à combattre ? Ne t'inquiète pas pour cela Esprit-léger, tu l'as vu toi-même, chaque intention qui s'écarte de la Voie sacrée génère une nouvelle énergie contraire et de force égale. La nature nous permettra de nous protéger et nous fera même progresser ! Ayons confiance en la loi naturelle. » Puis la belle colombe blanche s'éloigne entre les brumes nuageuses... « Attends-moi ! *dit Esprit-léger,* suspendu au Ciel et qui nage avec difficulté dans ce monde imaginaire. »

9. L'ange

Esprit-léger sent une main glisser dans la sienne, il tourne la tête et découvre la jeune femme dont il avait vu la silhouette en rêve... « Comment veux-tu aider les autres si tu ne penses pas à te protéger toi-même ? » Esprit-léger est hypnotisé par ce visage doux, par ce regard profond, ces lèvres délicieuses... « Est-ce que tu es un mon ange-gardien ? » répond-il, enivré par cette vision.

- Je suis un ange-gardien du monde entier... Cela veut dire que le Grand-Esprit m'a confié la mission de veiller par de bonnes pensées, en guidant les êtres par des intuitions.
- Tu es si jolie... Quel est ton nom ?
- Je m'appelle Orée-des-cieux.
- Tu habites dans le Ciel ?
- Le Ciel est un grand jardin où viennent danser tous les songes. Ici nous sommes sur le seuil entre nos deux mondes... Nous nous rencontrons car nous aspirons au même rêve. Tu penses constamment à protéger autrui, alors je me suis approchée de toi, et tu t'es approché de moi, doucement dans le Ciel...

Esprit-léger passe sa main dans les cheveux dorés de l'ange et pose un doux baiser sur sa joue. Puis il lui dit :
- Il en va ainsi dans l'univers, il se crée une attraction entre les êtres qui se ressemblent.
- Ton cœur est pur, Esprit-léger, alors l'amour nous a réunis au-delà de l'horizon... Mais cela ne peut arriver sans notre foi en la vie et la force de nos esprits pour rejoindre le seuil des étoiles...
- Comment pouvons-nous aider les autres, Orée-des-cieux ? *demande le jeune homme.*
- Les mauvaises pensées sont plus faciles à générer que les idées saines, alors tu peux montrer l'exemple, Esprit-léger : aimer le monde, aimer autrui et t'aimer toi-même... Avec humilité et simplicité. Les bonnes pensées sur Gaia donnent des ailes aux anges dans le Ciel !
- Comme tu es un ange, tu dois avoir des pouvoirs magiques ? *demande Esprit-léger.*
- Oui ! Je sais faire naître l'intuition chez les autres et en moi-même ! C'est le plus grand pouvoir du monde, et nous avons tous ce pouvoir. Portés par nos bonnes pensées nous sommes tous des anges, l'intuition montre la Voie sacrée...

Esprit-léger se souvient qu'il a su rentrer en communion avec l'arbre au bord de la falaise, il a su s'envoler pour rejoindre son ange dans le Ciel... Il sait que le pouvoir de l'esprit est sans limite, comme notre univers. Il sait que la beauté est dans le mouvement, car le changement est la seule chose fidèle à notre monde, alors il réalise que l'âme n'a pas la grandeur d'une statue mais la clarté d'un ruisseau.

Les deux âmes-sœurs tombent dans les bras l'un de l'autre à travers les différents plans de l'univers, « Vas Esprit-léger ! Nous nous retrouverons, dans le Ciel, dans nos cœurs, ou ailleurs encore... » il marche alors doucement vers le sol sur un faisceau de lumière.

10. La contemplation

Le Soleil se couche sur l'horizon découpé par les silhouettes des montagnes, Orée-des-cieux accompagne Esprit-léger par la pensée, il rejoint la vallée où se trouvent Pétale-sucré, Crinière-des-sables et tous leurs amis animaux.

Esprit-léger veut comprendre ce monde en mouvement, ce monde qui change à chaque instant. Il arrive alors à hauteur de la canopée et regarde la magnifique forêt où tous les arbres s'enlacent. Il voit entre les bambous un joli ours blanc et noir. Il le regarde manger depuis le sommet des arbres, mais le panda se sent observé et s'inquiète, il retourne aussitôt se cacher dans les feuillages...
- Simplement observer fait déjà évoluer les comportements des êtres... Comment comprendre l'énergie qui se révèle naturellement si je ne peux même pas la voir sans la perturber ?
- Le panda sait qu'il y a tes amis au village et il sait que ce sont des êtres plein de bonnes intentions... *répond l'ange avec une voix douce et claire depuis le Ciel.*

Esprit-léger entend là l'enseignement du panda : « Je dois apprendre à contempler l'éternité qui se déroule à chaque instant. Le monde, l'univers tout entier s'accomplit dans chaque seconde. Je ne pouvais admirer la montagne alors que j'étais dessus à l'escalader, ici il en va de même, c'est la sublimation de mes sens qui me révèle la beauté de la nature. Mon devoir est de la laisser prospérer sans intervenir, nourrir l'amour pour cette paix qui grandit d'elle-même... Respecter la maison du panda comme lui respecte le village des hommes. »

Orée-des-cieux mène Esprit-léger par la lumière de ses mots : « Tu as vu le monde avec tes yeux, tu l'as observé avec ton esprit et maintenant contemple l'univers avec ton âme. Laisse venir en toi le devoir naturel de guider les pensées, et non l'envie de mener les êtres. » Voilà les dernières lueurs du Soleil, Esprit-léger ouvre grand les bras et remplit ses poumons d'air pur. Il a goûté à la découverte mystique de la nature, l'expérience de lui-même se mêlant à l'ensemble du monde. Il contemple le Ciel, il sait désormais que tout est cyclique sur Gaia. Tout finit par disparaître pour se fondre dans une nouvelle existence. « Les hommes avides seront bientôt là et tous mes amis sont en danger. Je dois montrer à chacun leur propre cœur, ils découvriront qu'il est tissé de lumière, et leurs mauvaises intentions seront dissoutes par cette pureté... »

« Esprit-léger ! Je suis si heureuse de te revoir ! *s'exclame Pétale-sucré alors que la nuit tombe,* viens donc je vais te présenter les habitants de la vallée, ils ont hâte de faire ta connaissance ! » Esprit-léger n'a plus peur du danger qui approche, il a foi, il contemple simplement l'œuvre du Grand-Esprit. L'accomplissement de son propre Destin.

Septième cycle :
La griffe des steppes

1. Le tableau du monde

Esprit-léger est heureux de retrouver ses amis Pétale-sucré et Crinière-des-sables, ils l'ont présenté à tous les habitants du village lors d'un grand banquet. « Voilà mon pays ! *dit Crinière-des-Sables*, sois le bienvenue mon grand ami. Le royaume de mon père s'étendait par-delà les montagnes, plus loin que l'horizon. Aujourd'hui les hommes avides ont tout ravagé. Je ne veux pas d'un trône que ma famille n'a su protéger. Je veux que les rares villages encore préservés, comme celui-ci, soient défendus avec foi contre l'envahisseur ! Les hommes avides de sombre-nectar approchent, ils sont nombreux et armés jusqu'aux dents ! Mais ceci est notre royaume, nous devons le défendre jusqu'au bout ! ». Une fois le feu de camp éteint, tous les habitants retournent, très inquiets, dans leurs maisons. Esprit-léger s'endort contre sa bien-aimée sous la lumière de la Lune.

Le lendemain aux aurores, Esprit-léger caresse la joue d'Orée-des-cieux, courbée par un grand sourire, tous deux se dégourdissent les jambes en marchant dans l'herbe encore couverte de rosée. La main du jeune homme glisse sur le cou de l'ange, il sent les pulsations du cœur de sa promise, il ferme les yeux et écoute le rythme régulier des battements. « Est-ce vraiment ton cœur que je sens ou bien est-ce mon propre sang qui vient frapper le bout de ses doigts posés contre le cou de sa douce ? » se demande Esprit-léger. « Quelle différence cela fait-il, la vie n'est-elle pas constamment mêlée à la vie ? » répond la belle jeune fille.

A quelques pas de là, un coquillage repose sur le sol. Esprit-léger le ramasse et le plaque délicatement contre l'oreille d'Orée-des-cieux. Elle tient la main de son amant et entend le chant lointain de l'océan dans ce coquillage enroulée en spirale :
- J'entends le bruit des vagues, je sens le souffle des marées ! *dit-elle, émerveillée à chaque instant par le monde.*
- Autrefois un grand océan recouvrait tout Gaia, des souvenirs de ces temps anciens sont encore éparpillés sur les terres émergés, *répond le garçon en se rappelant les enseignements de la baleine.*
- Ces vallons, ces collines, ces montagnes… tout ceci était le fond de la mer ?
- Oui ! La pierre a aspiré l'eau des océans et leur mariage a donné le sol nourricier sur lequel nous reposons.
- Ce sol est la peau de Gaia, elle ressent le souffle des plantes qui l'étreignent. Aujourd'hui l'herbe fraiche embrasse la vallée et les grands arbres se sont mêlés à sa terre. Ils aiment écouter le galop des chevaux, sentir la caresse de nos pieds nus et porter l'envol des oiseaux, *dit le bel ange d'une voix mélodieuse.*
- Et tous aiment l'homme véritable, celui qui de ses grands yeux pleins de mystères, apprend à déchiffrer la poésie de Gaia…

Les deux amoureux regardent la montagne qui leur apporte la pluie, sur son flanc les épis de maïs dansent avec le vent. Sur un plateau gorgé d'eau le riz se baigne, et non loin de là les manguiers se dorent au Soleil. Pétale-sucré marche le long d'un champ et donne des indications aux paysans, Esprit-léger la voit au loin faire de grands gestes. D'où est assis le garçon, il voit en Pétale-sucré un peintre enivré par la passion des couleurs. Les pensées qu'elle délivre guideront les paysages : ici un bosquet, là une mare, un ruisseau, ou une prairie… Elle mène les troupeaux sur les pâturages les plus verts et conseille les agriculteurs pour qu'ils prennent soin de ce précieux sol, qui est si généreux avec nous tous.

Tout d'un coup Esprit-léger se réveille ! il réalise que tout ceci n'était qu'un rêve, son amour Orée-des-cieux l'attend dans le Ciel. Mais elle l'accompagne sur sa Voie ici-bas, elle partage son souffle et sa pensée habite notre jeune héros.

2. La larme du guerrier

Crinière-des-sables marche dans les champs non loin du village, de nombreuses mouches viennent dévorer les récoltes. Il s'approche pour chasser les insectes mais ceux-ci reviennent inexorablement. Il retire sa chemise, la tresse et essaye de les fouetter avec, mais à chaque fois les mouches s'envolent trop rapidement et reviennent aussitôt… Il finit par renoncer : il s'assoit entre les rangs de maïs et songe que les hommes avides de sombre-nectar seront bientôt là. « Comment puis-je les battre ? ils sont armés, entrainés et tellement nombreux ! Et je ne parviens même pas à vaincre de misérables petites mouches… »

Crinière-des-sables voit, entre les larges feuilles vertes des plantations, la tête triangulaire d'une mante religieuse qui semble le regarder. Le majestueux insecte pivote ses deux grands yeux sur le côté, et, au même instant, une mouche passe devant ses pattes repliées. D'un mouvement furtif et soudain elle s'empare de sa victime et la dévore avec ses mandibules articulées. Crinière-des-sables s'inquiète beaucoup, il craint de voir bientôt apparaître l'ennemi à l'horizon. Il s'apprête alors à marcher un peu plus loin pour se détendre lorsqu'il entend : « Tu dois toujours agir à l'instant même où ton instinct t'y invite. » Il se retourne et voit la mante religieuse s'envoler vers l'horizon. Lui qui était le roi de la vallée, tous les habitants attendent ses instructions pour se protéger des guerriers qui se dirigent vers le village. Que doit-il faire à présent ? Il ne veut pas voir ce magnifique paysage, ce beau petit village à feu et à sang… Il songe à Pétale-sucré, elle qui préserve l'équilibre entre la nature et les hommes. « Ces guerriers sont comme les mouches, nous les attendons patiemment et il en reviendra sans cesse pour ravager ce village… même cette mante religieuse protège mieux nos cultures que moi aujourd'hui ! » se dit Crinière-des-sables, furieux contre lui-même. Il sait qu'il lui reste peu de temps avant que n'arrivent les ennemis alors, enivré par l'adrénaline, il taille un bâton en pointe et s'engouffre dans la jungle d'un pas rapide…

A présent, il ne fera plus jamais rien d'inutile, chaque seconde de son existence sera une occasion de progresser, se persuade le brave guerrier. Une pensée sincère lui serre le cœur, les larmes lui montent aux yeux. Il sait que les hommes avides cherchent à le capturer, lui et lui seul. Mais s'il se rend et indique aux hommes avides où se trouve le sombre-nectar qu'ils veulent à tout prix, ces derniers ravageront la vallée pour creuser et chercher le précieux liquide qui les rend ivres… Il n'a donc d'autre choix que de combattre…

Crinière-des-sables court entre les arbres, il écarte les lianes et évite les branches. Lorsqu'il se trouve suffisamment loin dans la forêt, il couvre sa peau de terre pour se camoufler et s'assied dans un bosquet. Il attend le passage du gibier comme la mante religieuse le lui a montré… Il cherche à raviver son instinct ancestral de chasseur. « Crinière-des-sables est en danger ! » dit brutalement Esprit-léger. Il a senti l'ombre rôder autour de son ami et court pour le retrouver, seul dans la jungle. Il a beau aller aussi vite que possible, guidé par son intuition, il sent que le chemin est trop long… Il n'arrivera pas à temps ! Alors le jeune homme se met à crier « Crinière-des-sables, reviens-vite ! » Le guerrier entend au loin l'appel d'Esprit-léger… Il se hâte de revenir, et alors qu'il approche du village, il voit une silhouette s'éloigner. L'ombre qui semblait le suivre disparaît en deux bonds, un fragment de seconde, une puissance incroyable rayonne dans le sillon de l'animal, Crinière-des-sables sent vibrer l'atmosphère. Une couleur de flamme s'évapore doucement… Il découvre alors que le dos de sa chemise est déchiré par un coup de griffe de l'animal au moment où Esprit-léger l'a alerté…

« Je ne dois pas oublier les lois de la nature, *se dit Crinière-des-sables*, tout chasseur est aussi la proie d'un autre prédateur. Je me suis enfui à la dernière seconde… Sans Esprit-léger j'aurais certainement été dévoré par le tigre aujourd'hui… »

3. Le doute

Réunis sur la grande place, tous les habitants s'organisent pour repousser les envahisseurs. « Ils nous faut accepter que nous sommes leurs proies pour pouvoir les prendre par surprise ! » s'exclame Crinière-des-sables. A l'inverse, un cultivateur du village répond : « Non ! Nous devons combattre, de la première à la dernière minute ! Nous protégerons nos femmes et nos maisons ! » Ces paroles sont accompagnés par les cris et les applaudissements de la foule. Esprit-léger lance une branche de bouleau au feu de camp autour duquel sont rassemblés les hommes. Le feu disparaît sous le bois et dans la fumée mais finit par réapparaître et grandir de plus en plus vite. « Voyez ces flammes comme elles rampent et s'insinuent le long du bois. Prenez garde car le vice se propage de la même façon : il contamine la main qui cherche à l'étouffer. »

Avant même que n'émergent les premiers rayons du Soleil, Crinière-des-sables s'entraine à frapper contre un grand rocher. Esprit-léger et Pétale-sucré regardent cet entrainement intensif, ils voient les poings et les jambes écorchés, et le sol friable éponger le sang qui goutte dans la poussière...
- Pourquoi te fais-tu tant de mal ? *lui demande Pétale-sucré.*
- Mon cœur saigne bien plus que mon corps, *répond le courageux guerrier.*
- Alors pourquoi le punir encore ? Les champs de maïs ne poussent que si nous leurs apportons les engrais et la protection... Apprends à donner à ton corps pour qu'il te donne en retour, *répond la femme d'une voix compatissante.*

Très vite Crinière-des-sables se concentre et s'entraine pour progresser plus calmement, et non pour se défouler. Tout ce qui ne nous tue pas ne nous rend pas immédiatement plus fort... Il faut être cohérent avec notre corps, certaines douleurs sont un effort intelligent, d'autres nous affaiblissent. Crinière-des-sables cherche à soupeser sa force, son poids, il se laisse guider par des mouvements naturels. Il projette son énergie, non plus avec rage, mais avec passion contre la roche.

Esprit-léger comprend la tristesse de son ami, qui s'entraine depuis de nombreux mois pour pouvoir mener les paysans à la victoire. Alors il s'en va réveiller de nombreux villageois et leur demande de le suivre instamment. Il les guide silencieusement jusqu'à Crinière-des-sables. Les voilà désormais face à ce combattant, seul, les poings en sang, qui cherche au fond de lui la force changer le destin... Esprit-léger leur dit : « Ce qu'il y a d'extraordinaire chez cet homme mes amis, c'est qu'en réalité, c'est un homme ordinaire. Notre énergie n'a pas de limite ! Il n'appartient qu'à nous de la libérer. Vous disiez vouloir combattre dès la première minute ? et bien ne tardez plus : le combat a déjà commencé ! » Puis le jeune homme s'éloigne, abandonnant alors tous les villageois entre leurs songes et cette vision du guerrier qui fait face à son premier véritable adversaire : lui-même.

Esprit-léger marche vers un endroit plus paisible où retrouver son amour en prière. Les premières lueurs de l'aube illuminent le sentier poussiéreux.
- Quelle est la réaction que tu espères obtenir des villageois, Esprit-léger ?
- Je ne sais pas Orée-des-cieux... J'ignore quelle est la voie que ces cultivateurs et nous-mêmes devons suivre : fuir dans la peur ou bien combattre dans le sang ?
- Alors tu les réunis autour du courage, en leur montrant Crinière-des-sables...
- Oui, mais j'ai aussi remarqué que les pensées se multiplient quand on les regroupe !
- Regarde encore ce beau Soleil qui s'élève, *répond Orée-des-cieux en posant sa tête sur l'épaule d'Esprit-léger*, n'oublie pas que la plus belle leçon d'espoir, nous la partageons chaque jour dans l'aurore.

4. La juste mort

Esprit-léger marche vers le centre du village avec Pétale-sucré. A sa fenêtre, une femme saisit un poulet par les pattes, lui plaque le cou contre une planche de bois et d'un coup sec décapite l'animal qui s'agite nerveusement encore quelques secondes, puis s'arrête brusquement, inanimé. Pendant qu'elle le déplume, sa fille qui observe, juste à-côté, lui demande :
- Maman, tu m'as dit toi-même que c'était mal de tuer, alors pourquoi chaque matin assassines-tu un poulet ou un canard ?

La mère de l'enfant peine à trouver les mots pour expliquer cela à sa fille, alors Pétale-sucré se présente à la fenêtre pour discuter avec l'enfant :
- Tu voudrais ne plus manger de viande c'est cela ?
- C'est mal, dit la petite fille, je ne veux pas que d'autres meurent pour que je vive !
- La vie ne s'arrête pas si elle continue de nourrir la vie... *répond la cultivatrice*.
- Mais je suis triste de manger ces poulets que je vois courir dans la basse-cour, ils sont aussi mes amis. Je préférerai ne manger que des céréales et des légumes !
- Les céréales aussi sont vivantes tu sais ? et toutes nos cultures poussent grâces aux effluents de nos élevages... Ces animaux font partie du cycle de la vie.

La petite fille se met à pleurer, elle réalise que la vie et la mort se répondent pour faire avancer le monde et cette nouvelle idée rend tout son univers si compliqué... Elle prend Pétale-sucré par la main et la mène jusqu'au poulailler « Cette vieille poule est mon amie, mais elle est très malade, elle souffre beaucoup... » Esprit-léger qui marche aux cotés des deux filles regarde également l'oiseau déplumé et mourant. Il dit à l'enfant : « Cette poule reste en vie pour ne pas te rendre triste mais il est temps pour elle de rejoindre l'autre rive, d'être enfin en paix... » L'enfant serre alors sa poule fort contre sa poitrine et lui dit au revoir du fond du cœur, l'oiseau se laisse mourir dans les bras de sa jeune amie...
- La mort fait tellement mal ! *dit la jeune fille.*
- Tu ressens un vide dans ton cœur parce que celui-ci grandit, demain tu pourras ainsi y loger encore plus d'amour, *répond Esprit-léger.*
- Tu es gentil pour un garçon... Les autres garçons ne pensent qu'à se battre, et faire la guerre ! Nous les filles, nous ne pouvons rien faire contre cette méchanceté...
- Toutes les femmes sont des mères, des filles, des sœurs ! Imagine-toi si chacune demandait avec ferveur à leurs fils, leurs pères et leurs frères de cesser de se battre... Les femmes peuvent rétablir la paix sur Gaia, tu ne crois pas ? *demande Pétale-sucré.*
- Oui ! Je vais dire à mon papa de ne pas faire la guerre, tu as raison !

Esprit-léger se demande comment aider cette petite fille qui confronte son cœur pur à la réalité si complexe... « Tu croyais que la mort était toujours une mauvaise chose, ma jeune amie. Mais aujourd'hui tu as déjà appris que la mort pouvait aussi être la libération du malade qui ne pourra jamais guérir. Et que les vivants ont besoin de la chair de ceux qui s'en vont au Ciel, ceux-là même qui n'ont plus besoin de leurs corps dans le monde où ils se rendent... C'est déjà beaucoup de choses à découvrir pour une petite fille... Mais à présent tu dois aussi apprendre, comme pour la mort, que le combat n'est pas toujours une mauvaise chose. Combattre pour la dignité des plus faibles est aussi un acte de bravoure et de noblesse... » Sur ces mots, Esprit-léger comprend lui-même qu'il lui faudra livrer bataille contre l'envahisseur, car la liberté n'a pas de prix.

5. L'art du guerrier

Esprit-léger retourne sur le terrain d'entraînement où Crinière-des-sables continue d'interminables séries d'exercices « Je dois être plus fort, je dois être plus fort... » répète sans cesse le combattant. Esprit-léger détache la flûte suspendue à sa ceinture et la tend à Crinière-des-sables : « Tiens, voilà qui pourra nous aider à progresser ! » Le guerrier ne comprend pas, mais son ami insiste, alors il finit par essayer de jouer une mélodie... Il ne souffle pas les bonnes notes, peine à trouver le bon rythme... Au même instant une voix semble venir du Ciel : « Il vous faut embrasser tous les arts et tous les métiers car chaque chose fait progresser la maîtrise du guerrier... »

Une grue se pose sur une branche d'un arbre au-dessus des deux hommes :
- ...Par contre ce que tu joues là est vraiment affreux ! En six cent ans je n'ai jamais entendu quoi que ce soit d'aussi laid ! *dit le grand échassier.*
- Six cent ans !? *s'étonne Esprit-léger.*
- Et oui, vous avez encore beaucoup à apprendre jeunes gens ! D'abord maîtrisez votre souffle, c'est avec lui que vous ressentez votre énergie vitale.

Esprit-léger et Crinière-des-sables cherchent à apaiser leur respiration, mais l'oiseau leur lance des pommes de pin pour les déconcentrer en leurs distribuant de nombreux noms d'oiseau !...
- Cesse donc de nous déranger, arrête de nous insulter ! *dit Crinière-des-sables, énervé.*
- Ce n'est pas ce que je dis qui te dérange petit naïf, mais plutôt ce que tu entends !
- Que voulez-vous dire ? *demande Esprit-léger.*
- La paix est toujours en nous-mêmes, il existe mille méthodes pour s'y recueillir...

La grue descend de son perchoir et montre aux deux hommes des techniques vieilles de plusieurs siècles pour contrôler leurs souffles. Tous deux se prêtent au jeu et réalisent que ces techniques permettent de faire plus facilement le vide dans leurs esprits. « Il en va de même au combat, *dit Crinière-des-sables,* les automatismes nous permettent de mêler l'instinct et la méditation pour que notre corps épouse notre âme. »

Esprit-léger ouvre les yeux doucement après un long moment de prière, et dit à la grue :
- Je ressens une chose étrange... C'est comme si la maîtrise du souffle nous permettait de ralentir le temps...

Le vieil oiseau s'esclaffe un petit moment puis dit à ces deux apprentis :
- Le temps n'existe pas ! Le temps n'est qu'un paysage imaginaire où tu saupoudre et réinvente tes souvenirs !
- Alors dis-moi, que mesure la grande horloge du village si ce n'est le temps ? *demande Esprit-léger.*
- Elle mesure les autres horloges de ce village... *répond la grue d'une voix assurée.*

« Mes enfants, pour bien maîtriser l'équilibre de votre énergie, vous allez tout d'abord apprendre à maîtriser l'équilibre de votre corps ! » La grue montre l'exemple et se tient debout, toute droite, sur une seule patte. Esprit-léger et Crinière-des-sables l'imitent à leur tour. Plusieurs minutes s'écoulent... « Allons-nous devoir rester ainsi un long moment ? » demande Crinière-des-sables, impatient de passer à l'exercice suivant. « Jusqu'à ce que vous soyez prêt à m'affronter ! » répond la grue en plissant les yeux et en dressant les fines plumes jaunes de sa tête.

6. L'entrainement

Pétale-sucré arrive à cet instant : Crinière-des-sables court à toute vitesse vers la grue pour lui donner un coup de poing ! Mais l'oiseau s'écarte d'un pas au dernier moment et, d'un subtil coup de patte, elle fait trébucher le combattant qui s'effondre dans la poussière. Le fier guerrier ne veut pas abandonner, il recommence encore et encore mais à chaque fois la grue trouve une faille et Crinière-des-sables est projeté au sol.

« Lorsque l'on cherche à attaquer, on ouvre une brèche dans laquelle notre adversaire peut s'engouffrer... » songe Esprit-léger. La grue rigole de voir Crinière-des-sables dépenser toute son énergie, puis elle finit par regarder ses deux élèves : « L'observation permet de contrer l'attaquant car lorsque celui-ci cherche à frapper, il baisse sa garde. La défense est toujours plus forte que l'attaque ! C'est pourquoi la voie véritable des guerriers est celle de protéger et non d'agresser autrui. »

Sous les encouragements de Pétale-sucré, Crinière-des-sables et Esprit-léger continuent leur entrainement intensif. Ils savent désormais que la technique permet de vaincre la douleur alors ils se concentrent pour que leurs efforts intensifs deviennent une profonde méditation. L'énergie circule, ils soufflent fort sur chaque coup qu'ils envoient en combattant leurs propres ombres. Ils font le vide dans leur esprit pour rester complètement détendus et aller au fond d'eux-mêmes. Ils sentent leurs poids se transférer à chaque appui qu'ils posent au sol... « Vous devez pouvoir être lourds et puissants comme un rocher, et à l'instant suivant devenir vifs et légers comme une plume ! », leur dit la sage grue.

A bout de force, les deux hommes continuent de s'entrainer, ils cherchent à repousser leurs propres limites ! « Puisons l'énergie au fond de nous-même, dans chaque millimètre de notre corps ! » dit Crinière-des-sables. Alors les deux hommes réalisent qu'en tournant, en coordonnant les mouvements du corps tout entier, ils dégagent une puissance bien plus grande. Sur chaque coup de poing en vérité ce sont leurs pieds qui frappent avec le poids de Gaia, leurs hanches qui dirigent le coup et le poing qui transmet simplement l'impact. Ils tournent encore et encore, autour de l'autre, et pivotent pour chaque coup sur eux-mêmes, ils ne s'arrêtent plus de tournoyer ; ils renouvèlent leurs énergies dans cette danse...

Un long moment plus tard, un grand élan arrive d'un pas convaincu, il voit les deux hommes finalement épuisés, allongés dans la poussière, à bout de forces. Il les regarde intrigué, et leur dit :
- La vraie victoire dans la vie est l'endurance ! Et pour être en pleine forme demain il faut vous régénérer maintenant... Et puis je ne comprends pas : je devrais vous entendre crier de joie ! faire la fête !
- Faire la fête ? Mais nous sommes épuisés, *répond Esprit-léger*.
- Il faut célébrer chaque victoire ! *insiste le grand élan*.
- Nous n'avons encore remporté aucune victoire, *répond Crinière-des-sables,* au contraire nous avons été vaincus par cette vieille grue.
- L'effort total est déjà une victoire entière ! Venez avec moi pour reprendre des forces, car de nouvelles épreuves vous attendent...

7. L'œil du tigre

Esprit-léger et Crinière-des-sables suivent l'élan qui s'engouffre dans la forêt, la vieille grue, leur professeur les suit de loin, se laissant distraire par mille merveilles de la forêt. Après une longue marche qui les a énormément éloignés de Pétale-sucré et du village, Esprit-léger l'apprenti guerrier et Crinière-des-sables à peine plus expérimenté commencent à se montrer impatients :
- Où nous emmènes-tu grand élan ? *demande Esprit-léger.*
- Nulle part... Mais marcher est très bon pour calmer les pensées ! L'endurance est la volonté réelle, c'est ainsi que l'esprit peut repousser les limites du corps.
- Mais nous n'avons rien mangé aujourd'hui ! Nous mourrons de faim ! *répond sur un ton agressif Crinière-des-sables qui veut rapidement reprendre de l'énergie.*
- La langue est l'organe du goût et des mots, il est bon de l'utiliser avec sagesse en tout instant, *reprend la grue en picorant quelques brins d'herbes.*
- Manger est une des premières pulsions, *poursuit l'élan*, on maîtrise d'autant mieux ses passions qu'on maitrise son appétit. Si vous souhaitez manger, retournez donc dans les cuisines du village.

Esprit-léger pense à son ami l'éléphant. Petit-pas lui avait enseigné que la privation ne peut être imposée que par soi-même pour être salutaire. Il comprend l'enseignement de ses deux maîtres : « L'esprit doit être exercé comme le corps pour dominer chaque désir ! », dit le jeune homme avec foi.

De longues heures s'écoulent, l'élan et la grue sont repartis désormais, laissant les deux amis seuls dans la jungle. Crinière-des-sables ne doute pas, il veut vaincre ! Mais le chemin qu'il emprunte est celui de la colère et non de la confiance en son destin. Ses pensées sont tourmentées par la crainte de l'ennemi qui approche... Là, au milieu de la forêt, une profonde inspiration enivre Esprit-léger, les murmures des arbres se taisent. Le garçon pose sa main sur le front de son ami : « Laisse le silence régner en toi. Tu as vu le monde magnifique que nous cultivons pour préserver nos corps et les paysages. Tu as vu comme les pensées sont fragiles et doivent être soignées. Et désormais tu connais aussi ton rôle : protéger ce monde qui se régénère à chaque instant, préserver l'équilibre, défendre la lumière avec ferveur ! »

Deux yeux dorés luisent dans le noir et se rapprochent de Crinière-des-sables et d'Esprit-léger. Le tigre rôde autour des deux compagnons, ils sentent sa puissance incroyable faire vibrer l'air épais de la nuit. Et pourtant ils entendent à peine ses pas légers sur le sol. Deux yeux d'une profondeur infinie apparaissent au milieu de la nuit. Les rayons de la Lune qui traversent les feuillages font danser les rayures noires sur son pelage enflammé. Le félin approche sa mâchoire du visage de Crinière-des-sable, celui-ci sent alors son souffle chaud, aspiré par le profond regard du tigre. Il y lit la force et le courage mêlés à la sagesse. Puis le tigre plaque son front contre celui d'Esprit-léger, puis, soudainement, il repart et s'enfonce lentement dans l'obscurité... « Lorsque l'on est fin prêt à combattre, le combat n'a pas lieu. La vérité se passe de sang pour triompher... » dit Esprit-léger à voix basse...

8. La liberté du Soleil

Lorsqu'ils reviennent enfin dans la vallée, après deux jours passés au milieu de la jungle, Esprit-léger et Crinière-des-sables découvrent le village très agité. Les femmes épongent leurs larmes et les hommes se préparent au combat. L'épaisse fumée noire soulevée par l'armée des hommes avides de sombre nectar se rapproche à grande vitesse. Pétale-sucré est vraiment heureuse de retrouver ses deux compagnons à un moment aussi critique.

Dans l'agitation, Esprit-léger voit un garçon s'amuser à lancer des pierres sur les poules qui courent dans toutes les directions. Il blesse ces pauvres oiseaux sans aucune raison… Au milieu de ce chaos, l'image de cet enfant sadique ébranle sa flamme de l'espoir. Il regarde le petit garçon avec tellement d'indignation que celui-ci voit une pierre s'envoler comme par magie et venir lui cogner la tête. Un écho retentit dans la vallée et tous les habitants cessent aussitôt de s'affairer et regardent Esprit-léger, réalisant qu'il a projeté une pierre uniquement par la force de sa volonté. « Les pensées sont sans limite », lui rappelle Orée-des-cieux par un souffle d'instinct, mais Esprit-léger s'adresse immédiatement à l'enfant :
- Je te présente mes excuses mon garçon. Mon esprit s'est emporté, et l'intention est toujours reine… Il faut reconnaître nos mauvaises pensées car autrement elles nourrissent la haine… Il en va de même pour ces barbares qui arrivent, nous ne les éduquerons pas par la violence !

Les habitants du village sont eux-aussi secoués par ce qu'ils viennent de voir : une simple pensée peut soulever la roche ! « Apprends-nous cela Eprit-léger ! », demande un paysan en laissant tomber sa fourche… « Le pouvoir de l'esprit vient de la liberté de croire que tout est possible. Je ne peux vous enseigner la liberté, et nul ne peut la traquer, alors ne la portez pas comme un fardeau. N'emprisonnez pas vos esprits dans vos propres demeures, *reprend Esprit-léger en pensant à son amante,* vos âmes vagabondent chaque nuit à travers le monde des rêves, devenez libres en apprenant à accompagner votre esprit dans ce voyage imaginaire, car la réalité n'est qu'un voile. »
- Si nous sommes libres, nous risquons de transgresser les lois, et cela est mauvais… *s'interroge un autre paysan.*
- Oui cela peut être mauvais, mais pas toujours ! *répond cette fois Pétale-sucé,* les lois d'hier ont été transgressées pour aujourd'hui être plus justes. Ne craignez pas les lois des hommes car seules celles de la vie sont universelles et éternelles…
- La liberté nous rendra forts et nous permettra de massacrer l'ennemi qui se précipite vers nous ! *lance un jeune cultivateur plein de fougue.*

Alors Esprit-léger s'accroupit sur le sable, il sent la lumière d'Orée-des-cieux dans son cœur, il regarde les villageois et leurs demande : « Le Soleil est-il libre ? », tous se taisent et écoutent les paroles profondes du sage jeune homme : « Chaque instant nous devons épouser la Voie et celle-ci est unique pour chacun. Entre deux points c'est toujours la ligne droite qui est le chemin le plus court, et entre notre présent et le Ciel éternel ce chemin est la Voie. L'homme qui s'accomplit dans la Voie du Ciel ne fait plus aucun choix, il suit simplement ce que lui dicte son cœur et brille chaque seconde, comme ce Soleil magnifique. »

Tous, le regard dans le vide, écoutent les belles paroles d'Esprit-léger. Et Crinière-des-sables qui parvient à distinguer les hommes avides qui se rapprochent, au milieu de l'ombre obscure qu'ils soulèvent, se dit alors : « Notre destin est donc déjà écrit, pourvu que l'on joue notre rôle, jusqu'au bout de nous-mêmes… »

9. La force de la paix

Un habitant de la vallée court, affolé, à travers la foule de ses camarades en criant : « Fuyons mes frères ! Fuyons car ils sont invincibles, regardez cette armée, nous allons tous mourir... On raconte que rien ne repousse sur leur passage ! »

Crinière-des-sables se lève pour s'adresser aux combattants avec honneur :
- Mon ami Esprit-léger nous a enseigné que douter, nous remettre en question pour reconnaître nos erreurs est une bonne chose, car ce qui importe est la vérité de chaque instant. On ne peut proclamer la paix aux dépens de la vérité. Mais désormais nous devons croire en nous, être prêts à tout donner ! Nous avons vu comme les idées soulèvent le monde : la rumeur d'une crise est déjà la crise ! Et à l'inverse, la foi en la victoire est déjà la victoire !
- Mais si nous combattons, nous allons tous mourir ! *répond le cultivateur apeuré.*
- Tu mourras tôt ou tard mon ami... Vous êtes libres ! Chacun d'entre-nous est le gardien de sa propre dignité, et c'est aujourd'hui que notre destin prend un sens ! Mais ce choix vous appartient.
- Et toi Crinière-des-sables, ils veulent te capturer pour se procurer le sombre-nectar, si tu te rends, nous serons libres sans même combattre !
- Les sources de sombre-nectar sont ici-même dans votre village, si je les en informe ils ravageront le village, si je ne dis rien ils brûleront chaque maison pour me faire parler...

Un des habitants regarde longuement Crinière-des-sables : « Le sombre-nectar procure l'ivresse et la puissance ! Montre-nous où sont les puits de cette boisson et alors nous serons forts et braves ! »

Esprit-léger sait que le sombre-nectar trouble la lucidité, et seules des idées claires peuvent mener à la non-violence. Il regarde les hommes en rang, sur le champ de bataille et leur dit d'une voix calme : « La liberté par le sang n'est pas la liberté... Tuer un assassin fait également de soi un assassin ! La vérité se trouve dans chaque foulée sur le chemin et non simplement à l'arrivée... » Crinière-des-sables met également en garde les guerriers : « Vous prosterner devant le diable ne vous autorise pas à espérer les récompenses que le Grand-Esprit accorde à ceux qui le prient ». Au même instant Pétale-sucré ouvre ses mains et la colombe blanche s'envole majestueusement dans le Ciel pourpre.

Esprit-léger et Crinière-des-sables se regardent droit dans les yeux. Ils savent tous les deux que la défense est plus forte que l'attaque lorsqu'elle parvient à retourner l'agression vers son oppresseur. Comment rendre la haine impuissante ? Comment faire triompher la vérité sans couvrir la plaine du sang des guerriers ?

10. La grande bataille

Tous les combattants sont alignés et prêts à en découdre avec les envahisseurs. Esprit-léger regarde ces visages à la fois fiers et terrifiés. Il ramasse une solide branche de bois, y attache une fine ficelle au bout de laquelle un petit fil de fer recourbé semble servir d'hameçon. En effet, Esprit-léger suspend un grain de maïs à sa ligne et se dirige vers la rivière qui court le long du champ de bataille.
- Que fais-tu, Esprit-léger ? *demande, déconfit, un des guerriers.*
- Je vais pêcher quelques gros poissons pour nos ennemis. C'est vrai, après tout, si nous ne leurs rendons jamais le bien pour le mal, comment peuvent-ils rejoindre notre idée de la paix ?

Les hommes avides de sombre-nectar approchent rapidement sur de grands chevaux dans la plaine, Crinière-des-sables ramasse également une branche de bois et marche lentement vers l'ennemi. « Un seul résistant parfait est la victoire des droits de l'homme », dit le grand guerrier.

Esprit-léger explique aux combattants : « Lorsque l'on pêche, il faut ferrer le poisson au bon moment et avec le bon geste. Sans technique ni stratégie, votre farouche volonté se retournera contre vous ! Comme le poisson croit dévorer un grain ou un asticot... » Esprit-léger regarde le guerrier qui lui semble le plus grand : « Toi ! tiens ton arme dans ta main la plus faible et attaque-moi ! » Le combattant trouve cela étrange mais après une seconde de d'indécision il s'exécute et se précipite sur ce jeune chef.

Au moment où le grand guerrier de la vallée s'apprête à frapper Esprit-léger, ce dernier effectue un pas de côté avec souplesse et d'un coup vif, il frappe la main qui tient l'arme. Le combattant tombe à genoux... « Merci camarade, il te reste ta meilleure main pour combattre ! » Puis il se tourne vers tous les guerriers en formation : « Nous vivons au bord de la forêt, alors demandons aux arbres quelques unes de leurs branches. Le métal ne fend pas l'air comme le bois léger et rapide... Nos ennemis sont forts ? Tant mieux : ils ne s'attendent pas à subir leur propre force... Et puis nous connaissons cet endroit alors plaçons-nous en hauteur car la montagne qui nous apporte la pluie et les récoltes est aussi notre alliée. »

Dans le même instant les cavaliers de l'armée des envahisseurs arrivent à hauteur de Crinière-des-sables. Au moment où ils vont le frapper, celui-ci ouvre grand les bras, les chevaux se cabrent, hennissent et s'enfuient à toute vitesse ! Les cavaliers sont projetés dans les airs où trainés sur le sol. « Comment a-t-il fait ceci ? » demande Pétale-sucré. Esprit-léger sourit et répond à son amie : « L'odeur du tigre est restée sur lui et a effrayé les chevaux... »

La vague des hommes avides percute les paysans en rang, l'envahisseur est désormais tout près, ils sentent le souffle de leurs adversaires. L'ennemi s'apprête à massacrer les pauvres villageois sans défense, appuyés sur leurs cannes de bois. Au moment où les paysans vont recevoir les coups des sabres des envahisseurs, ils contrent toutes les mains qui les agressent en les frappant avec leurs branches de bois, brisant les poignes rageuses avec la haine qui les soulève, avec leur propre force. Plusieurs assauts se succèdent, des villageois sont blessés, mais à force de contrer les agresseurs, de briser leurs phalanges, l'ennemi se retrouve bientôt impuissant, incapable de combattre... La haine est désamorcée par l'intelligence de la paix.

Orée-des-cieux embrasse les songes d'Esprit-léger, Pétale-sucré étreint Crinière-des-sables, tous sont tellement heureux de cette grande victoire ! Les habitants de la vallée sont ivres de joie, l'euphorie de se sentir vivant, de se sentir enfin libres ! En voyant les vaincus gémir sur le sol, Pétale-sucré demande : « A présent qu'allons nous faire de ces hommes ? »

Huitième cycle :
Le nouveau monde

1. Assimiler ou distinguer

Les habitants et leurs adversaires vaincus se regardent les uns-les autres et se découvrent tous finalement des hommes perdus au milieu de la vallée. Des hommes plein de rancœur et de colère. Pétale-sucré lance au lointain : « Devons-nous vivre l'horreur de la guerre pour découvrir la grandeur de la paix ? ». Mais de nombreux cultivateurs ne veulent rien savoir : « Ces hommes ont voulu ravager notre village ! Pourquoi les accueillir à présent ? Chassons-les ! Qu'ils retournent dans le désert ! ». Les mots fusent, ce sont souvent des paroles appelant la violence. Longtemps après une volée de discussions stériles, un cultivateur propose de demander conseil auprès de Va-nu-pieds, le doyen du village. Plusieurs hommes souhaitent l'accompagner et ils s'y rendent aussitôt. Esprit-léger se joint à eux, il est surpris de découvrir qu'un vieux sage vit dans ce village : nul ne lui a dit et son intuition lui a dissimulé cette rencontre jusque-là...

En chemin un porc-épic rattrape le groupe, Esprit-léger s'approche de cette curieuse créature, alors le porc-épic lui demande :
- Où vous rendez-vous ainsi, tous ensemble ?
- Nous partons voir le doyen : les habitants du village ne savent pas s'ils doivent accueillir les anciens envahisseurs…, *répond Esprit-léger.*
- Vous marchez réunis tous ensemble, j'y voyais-là une bonne nouvelle et voulais me joindre à vous, mais en vérité c'est pour vous séparer de ces hommes fatigués et sans foyer que vous marchez aujourd'hui côte-à-côte !
- Les habitants ont peur des étrangers car ces derniers voulaient ravager le village, *explique Esprit-léger.*
- C'est pourtant loin de vous et pleins de haine qu'ils seront dangereux pour vos familles, non pas ici à partager vos soupers et cultiver vos champs avec vous. Il faut assimiler, partager toutes les cultures, plutôt que de les distinguer… La victoire est d'abord l'unité de tous ! *reprend le porc-épic.*

Esprit-léger sourit à ce sympathique habitant de la forêt.

Arrivés à la maison du vieil homme, un paysan demande au doyen Va-nu-pieds : « Grand sage, nous avons mené bataille et aujourd'hui nous ne savons si nous devons chasser ces envahisseurs ou bien cohabiter ensemble comme ces derniers le demandent… » Après un petit moment de réflexion, Va-nu-pieds répond aux habitants : « Tout homme, un prisonnier comme un roi, doit avoir accès à l'eau, à l'alimentation, aux soins, à l'éducation et à l'art. Nous n'avons pas de mérite d'être nés ici où les terres sont fertiles. Notre seule grande richesse est de partager ce sol généreux. Apprenez à maîtriser votre colère, alors Le peuple sera le guide. » Les paysans souhaitent fixer des règles pour le village : ne pas voler, mentir, convoiter, trahir, tuer… Alors Esprit-léger sort de son silence pour partager sa sagesse : « Ne rien faire de mal ne fait pas de nous des hommes bons car ne prêter attention qu'aux défauts d'autrui, n'y a-t-il pas là plus grand défaut ? »

Les cultivateurs regrettent de n'avoir jamais sollicité le sage vieil homme pour les affaires de la guerre, alors aveuglés par la peur et la colère, lui qui a pourtant vu tant de printemps courir sur la montagne. Va-nu-pieds leur explique que la citée repose sur trois piliers : « Le peuple décide, mais chacun doit s'affairer à nourrir, protéger, guider tous les autres habitants. J'ai vu ces voyageurs vous donner de précieux conseils depuis leur arrivée, il y a plusieurs semaines : la jeune femme, Pétale-sucré, a su faire tourner la roue de la fertilité et nos récoltes sont bonnes. L'ancien roi Crinière-des-sables, plein d'humilité, a fait don de son être pour protéger cette roue merveilleuse. Et cet homme, Esprit-léger, a su guider la roue de la vie vers un avenir meilleur, et préserver la plaine de la souillure du sang. Chacun est libre de gouverner sa vie pour nourrir, protéger où apaiser les êtres… »

2. L'enfant de la paix

Les nuages caressent le Ciel pendant de longues journées laissant le Soleil de nombreuses fois réchauffer le village et toute la montagne. Le temps s'écoule paisiblement, les villageois apprennent à mieux cultiver, à mieux se défendre et à transmettre consciencieusement le savoir de leurs ancêtres. Sur un grand nuage blanc Orée-des-cieux et Esprit-léger se rejoignent, pensifs. Lui est assis sur une colline et surveille les moutons, elle est allongée dans le Ciel. Esprit-léger rêve d'un escalier en nuage d'ange.

Bon nombre d'envahisseurs sont ainsi devenus habitants du village, et enfin la vengeance prend fin, la paix trouve un chemin. L'union rend chacun plus fort. Mais quelque fois la dépendance pour le sombre-nectar qui a mené ces hommes à la guerre rend certains d'entre eux très agressifs. Ceux-là sont confiés à Crinière-des-sables qui purifie leur corps par l'entrainement et l'ascèse.

L'arrivée des envahisseur a fait fuir de nombreux habitants des villages voisins, beaucoup de moutons sont désormais égarés dans la montagne. Esprit-léger joue de belles mélodies avec sa flûte pour appeler les moutons perdus jusqu'aux vertes prairies, loin des griffes du tigre. Ils vivent ensemble dans la plaine et la nuit venue, Esprit-léger rejoint sa douce Orée-des-cieux. Bercés par l'art de l'alcôve, ils s'endorment en échangeant leurs souffles, ils s'unissent et leurs esprits s'élèvent. C'est le seul véritable mariage, la promesse d'une flamme, l'accomplissement de l'amour et ce foyer rougeoyant au seuil de l'éternité.

Esprit-léger, avant les premières lueurs de l'aube, est réveillé par le bêlement de ses moutons, Pétale-sucré marche vers lui. Elle fait scintiller la rosée du matin qui perle sur l'herbe en montant la colline :
- Bonjour mon ami, je t'apporte une bonne nouvelle ce matin : Petit-Soleil est né ! Et cet enfant est le fils d'un ancien guerrier de l'armée des envahisseurs et d'une jeune habitante du village.
- Son berceau porte la paix, *répond Esprit-léger,* les yeux brillants de joie.
- Oui, c'est une merveilleuse nouvelle... raconte-moi ce qu'est la naissance, Esprit-léger ?
- Naître, c'est d'abord se séparer de l'univers, devenir une entité unique, puis se séparer de sa mère. L'enfant est la courbe naissante d'une future union, le début d'un nouveau cycle... Mais ne soyons pas terrifiés par cette ronde incessante...
- Aimons cet enfant, fêtons sa naissance, Esprit-léger ! *reprend Pétale-sucré.*

Bientôt tous les hommes et les femmes dansent et chantent ensemble, sans plus se soucier de savoir qui est né ici et qui est né un peu plus loin. Petit-Soleil est béni par Va-nu-pieds sur des mélodies mêlant les parfums de mille pays ! Crinière-des-sables dit à tous ses semblables : « Vivons ensemble, en étant justes avec nous-mêmes et avec autrui, sincères et généreux ! » Tous acclament le grand guerrier, lui qui sait sevrer les hommes de la dépendance au sombre-nectar.

Crinière-des-sables connaît le prix de la vie, il exerce longuement chaque homme égaré pour lui permettre de trouver sa force intérieure. Et lorsque ces hommes ont pu renouer avec la bonté au fond d'eux-mêmes, Esprit-léger les accueille et leur enseigne le soin à porter à l'âme et au corps. Ils discutent longuement tout en protégeant et en accompagnant les moutons de longues journées durant. Ces hommes purifient leur esprit dans les grands paysages, ils reçoivent le lait des brebis et se réchauffent de la laine blanche des moutons. Le village est en paix.

3. Garder ou donner

Le porc-épic marche d'un pas décidé et passe devant Esprit-léger :
- Eh où vas-tu donc ? *demande l'homme assis sur l'herbe verte, entouré de ses moutons.*
- On m'a informé d'un différent entre deux amis à moi et je file de ce pas leur découvrir ce qu'il en retourne !
- Je peux t'accompagner ?
- Bien sûr !

Esprit-léger et le porc-épic arrivent au pied d'un grand hangar où les cultivateurs stockent leurs récoltes. Une souris pleure toutes les larmes de son petit corps, juste devant la grande porte de bois. « Qu'est-ce qui te rend si triste, mon amie la souris ? », demande le porc-épic. Secouée par ses propres sanglots la souris répond : « C'est... C'est... C'est le gros rat, il vit dans le hangar et veut garder tout le grain pour lui, il ne veut pas partager avec moi... »

Esprit-léger pousse la lourde porte de bois et rentre dans le hangar, un rat énorme est vautré dans un tas de grains et s'empiffre de maïs.
- Tu ne vas tout de même pas manger toute la récolte !? *demande ironiquement Esprit-léger.*
- Oh je ne sais pas ! mais je suis rusé moi, je préfère accumuler des réserves au cas où...
- Et pourquoi tu ne partages pas un peu avec la petite souris ? *demande le porc-épic.*

La souris profite de ces deux grands compagnons pour pénétrer dans le hangar également. Elle prête attention aux moindres détails de cette incroyable réserve de nourriture... Dressée sur ses deux pattes arrières, elle scrute chaque recoin, ses moustaches frémissent et ses oreilles sont grandes ouvertes. Grâce à son incroyable odorat, elle sent une plaie sous le dos du rat.
- Fiche le camp d'ici ! *dit le rat*, je t'ai déjà averti que tu n'étais pas la bienvenue dans cette grange, petite souris !
- Attend un peu, le rat, depuis combien de temps n'as-tu pas bougé de ce trône de nourriture ? A croupir ainsi sans bouger dans la poussière et à te goinfrer toute la journée ton corps est en train de dépérir ! *rétorque la petite souris.*

Sur ces mots le rat cherche à se lever pour chasser la petite souris mais une vive douleur lui brûle le dos. « La souris à raison, *reprend le porc-épic*, nous les rongeurs, aimons la sécurité, mais tu vois bien désormais que vouloir posséder conduit à l'obsession et à la maladie. » Esprit-léger prend délicatement le gros rat avec un linge et le porte dehors, au coin d'un rocher, à l'abri des regards :
- Vois la grandeur de la nature, la pureté de l'air, la clarté du Ciel... C'est loin de tes réserves que tu pourras réellement vivre. Si chacun suivait la voie de son cœur, ne prenant que le seul bien qui lui est nécessaire, tous jouiraient de l'abondance du monde ! Le Grand Esprit ne garde pas sa lumière d'un jour pour le jour suivant.
- Je ne peux donc rien posséder ? *demande le rat.*
- Seules tes convictions sont vraiment tiennes et elles ne sont réelles que si tu les abreuves de courage, *répond Esprit-léger.* Puis il s'éloigne, laissant la souris et le porc-épic s'occuper du rat malade.

4. L'incendie

Va-nu-pieds enseigne à Crinière-des-sables des techniques pour maîtriser son mental et apprendre à repousser ses propres limites. Le grand guerrier écoute attentivement car il sait que le contrôle de soi saura guider les plus faibles vers le chemin de la paix intérieure. Pétale-sucré sillonne les champs en observant les feuilles pour chercher des insectes ravageurs ou des champignons susceptibles de nuire aux récoltes. Esprit-léger est avec un pèlerin venu apprendre à soigner les blessures, parer les sabots et tondre la laine des moutons ; il prend peu à peu racine dans ce beau petit village de la vallée.

A seulement quelques kilomètres de là, une colonne de fumée noire s'élève vers le Ciel. Elle semble provenir d'une maison à l'extérieur du village. Une cigogne apparaît, sa silhouette traverse l'épaisse fumée et s'approche de la grande colline où se trouve Esprit-léger. On voit bientôt le bel oiseau moucheté de cendres noires se poser tout près du berger « Il y a le feu ! Suis-moi, viens vite ! J'étais sur ma cheminée quand un nuage de fumée s'est formé autour de mon nid... » Sans laisser la cigogne continuer, Esprit-léger demande au pèlerin de surveiller les moutons et se met à courir en direction de la fumée.

Il court à vive allure et souffle fort, son corps lui dit de cavaler et de ne penser à rien d'autre... Il coupe à travers la forêt et glisse entre les arbres. Les foulées d'Esprit-léger sont fluides, il fuse dans l'air comme s'il ne touchait plus le sol... La cigogne aussi vole rapidement pour retourner vers l'incendie. « Il y a un homme, sa femme et leur fils qui vivent dans cette maison ! », lance l'oiseau sans ralentir.

Arrivé à la maison enflammée, Esprit-léger touche les murs et les portes pour sentir où l'incendie est le moins brulant, puis il ouvre doucement la porte... Une fois dans le brasier, le courageux berger se baisse pour ne pas être brûlé par les tourbillons de fumée qui rampent sur le plafond. Le feu se propage sur chaque mur, sur les meubles et le sol, il progresse à la recherche d'air et dévore tout ce qu'il caresse. Esprit-léger se calme et se concentre pour progresser dans le ventre de l'incendie, il ne peut rien contre cette puissance. Il voit un berceau, parvient à l'atteindre et récupère le nouveau né dans la gueule des flammes. Esprit-léger devine, entre les nappes de fumées et mille ombres qui dansent, la silhouette des parents allongés sur le sol, inconscients. Il se dépêche de sortir pour mettre l'enfant en lieu sûr et éviter de devenir aussi une proie des flammes.

A l'entrée de la maison Crinières-des-sables, alerté par la fumée, aide Esprit-léger à sortir de cette fournaise en lui demandant :
- Y a-t-il d'autres personnes dans la maison ?
- Oui... *répond péniblement Esprit-léger qui manque d'air.*
- Où sont-ils ?

Esprit-léger montre du doigt le passage qui mène aux parents évanouis. Une fois dehors, la cigogne brasse l'air pour rafraîchir le nouveau né qui respire encore et le berger épuisé. Esprit-léger nettoie le visage de l'enfant, lui parle et pose sa main sur son front pour qu'il se sache en sécurité à présent. Il lui envoie une brume de pensées roses pour l'apaiser.

Crinières-des-sables sort soudain en tirant à bouts de bras deux corps inanimés...

5. L'adoption

Crinière-des-sables pose la pulpe de ses doigts contre le cou de la femme, puis de l'homme allongés sur le sol. Il attend de longues secondes afin de percevoir leurs pouls, mais leurs cœurs ne battent plus et ils ont cessé de respirer. La cigogne dégage le cou et le ventre des victimes en coupant leurs vêtements avec son bec et Crinières-des-sables souffle de l'air frais dans la bouche de la femme pendant qu'Esprit-léger compresse le thorax de son époux pour impulser le cœur.

« Nous avons bien peu de chances de les sauver mais nous devons... ». Soudain Crinière-des-sables s'effondre, Esprit-léger essaye de lui parler mais son compagnon se laisse glisser dans un profond sommeil... « Nous devons rapidement partir en sauvant ceux qui peuvent l'être ! *crie Esprit-léger à la cigogne*, il y a probablement des vapeurs toxiques qui s'échappent de cet incendie. » Après avoir écarté les deux parents du nourrisson de cet endroit très dangereux, Esprit-léger prend son camarade sur ses épaules et marche avec détermination vers le village, la cigogne saisie le linge du nouveau-né avec son bec et accompagne le berger.

Arrivés à la maison de Va-nu-pieds, Esprit-léger confie au doyen les soins de son ami et du nourrisson et demande aux habitants du village de ramener les parents de ce dernier au plus vite, tout en étant très prudents à cause des vapeurs toxiques. Esprit-léger se fait également examiner par le vieil homme qui lui assure qu'il n'est pas contaminé et le nourrisson non plus. Va-nu-pieds prépare un remède composé de multiples baies, plantes, épices qu'il déverse dans la bouche entre-ouverte de Crinière-des-sables. Esprit-léger lui transmet son énergie grâce à la chaleur de ses mains et à de belles prières. Quelques minutes passent puis Pétale-sucré vient au chevet de Crinière-des-sables. Esprit-léger retourne voir le tout petit garçon qui s'amuse à tirer sur les plumes de la cigogne avec ses mains potelées. La cigogne rigole avec le nourrisson. Un instant plus tard, les habitants reviennent en portant les deux parents, toujours inconscients. Ils déposent délicatement les corps inanimés sur une natte et Va-nu-pieds les examine... « Ils sont tous les deux morts... Empoisonnés ! », dit le vieil homme aux habitants bouleversés. « Pourtant il y avait le feu... Le criminel voulait donc faire passer ses meurtres pour un incendie involontaire... » reprend pétale-sucré.

Esprit-léger porte le nourrisson dans ses bras et lui dit « Tu es si petit, tu n'aurais rien pu faire contre ce brasier et c'est pourquoi l'assassin ne s'est pas donné la peine de t'empoisonner ! Tu devras être fort à présent petit bonhomme, mais ne t'inquiète pas tes parents veillent sur toi depuis le Ciel... » Esprit-léger découvre de toutes petites marques sur le corps du nourrisson, elles sont minuscules, presque invisibles, il en compte jusqu'à cent-douze ! Il se demande alors si ce sont des éraflures de ces péripéties ou si ce sont des marques d'une vie plus lointaine, de la vie de cet enfant au-delà de la naissance... « S'il a désormais ses parents pour le protéger depuis les cieux, il faut que quelqu'un le préserve également des dangers ici-bas et le guide sur son chemin... », dit la cigogne à Esprit-léger. Au même instant un élan d'enthousiasme, une caresse d'Orée-des-cieux émerveille Esprit-léger de ce cadeau miraculeux du destin : la vie d'un enfant.

Va-nu-pieds pose sa main sur le front d'Esprit-léger en lui disant : « Prends bien soin de cet enfant, et ne doute pas des lois universelles Esprit-léger ni de ta place dans ce monde. Tu es aujourd'hui le père de Petit-Soleil car celui qui élève n'est pas moins le parent que celui qui fait naître. »

6. Le jugement

Esprit-léger tient Petit-Soleil dans ses bras, il sent le poids qui pèse sur lui, la responsabilité de cette vie nouvelle, si fragile et qui porte pourtant l'humanité toute entière dans chacun de ses souffles. « Tu es l'artisan de notre avenir… » lui dit tout doucement Esprit-léger.

« Cet enfant a perdu ses parents car leur assassin n'a pas supporté de voir nos deux peuples cohabiter ensemble. Il faut que cela cesse ! Le passé est révolu, la guerre est terminée, il n'y a plus lieu de garder cette envie de vengeance au fond de nos cœurs ! », dit Pétale-sucré aux habitants réunis par ce drame. Mais certains habitants ne semblent pas partager son avis : « Nous avons accepté ces hommes parmi nous et maintenant nous en payons le prix : déjà deux vies volées par ces étrangers ! ». La foule gronde de colère.

Esprit-léger se recueille un moment seul et par la pensée entend sa belle Orée-des-cieux lui souffler d'une voix douce : « Prends soin de notre enfant, c'est le Grand-Esprit qui te l'a confié. Sa vie est le symbole de l'union entre deux pays autrefois ennemis. Seul le mélange des peuples sauvera l'humanité… L'âme de Petit-Soleil a traversé bien des mondes et acquis de nombreuses connaissances lors de son séjour dans le Ciel avant d'être incarné sur Gaia. A présent il lui faut découvrir son destin en livrant son cœur pur à travers les épreuves de la matière. » Esprit-léger le sait, chaque enfant qui nait est un miracle parce qu'il est mêlé du sang de mille ancêtres qui ont traversé bien des frontières, et parce qu'il porte des yeux d'une clarté infinie, la pureté qui jaillit du néant.

Esprit-léger comprend que Crinière-des-sables a absorbé quelques gouttes du poison en faisant du bouche-à-bouche pour sauver la mère de Petit-Soleil. Va-nu-pieds convoque tous les habitants du village, un par un, il leur demande de plonger leurs mains dans un verre d'eau et d'en boire le contenu. Ainsi celui qui porte ce poison très puissant et persistant sur ses mains refusera de s'intoxiquer et sera découvert, ou bien subira le même sort que ses victimes. Les habitants se succèdent et exécutent la tâche, perplexes… Juste derrière le défilé, dans la maison du doyen, Crinière-des-sables semble se rétablir, il dit à Esprit-léger : « Ce sont à présent les natifs de ce village qui se soulèvent contre ceux qui étaient autrefois des étrangers ! N'oublions pas que celui qui attaque sera vaincu par la puissance conférée à qui sait se défendre au moment opportun… » Au même instant un homme crie « Oui c'est moi qui ait tué ce couple ! Je ne veux pas boire cette eau contaminée ! Pitié laissez-moi vivre… » Les habitants découvre que l'assassin est un natif de ce pays qui n'a pas supporté l'union entre une fille de son village et un étranger.

Crinière-des-sables lance à l'assemblée :
- Je sais montrer aux hommes le droit chemin, mais celui qui assassine une famille doit être puni de mort ! Il servira d'exemple pour tous ceux qui partagent ses idées cruelles !
- Au contraire, *rétorque Esprit-léger*, il faut nous guider les uns les autres vers le bon chemin plutôt que de craindre une punition… La liberté nous invite à découvrir, à accueillir ! La peur nous pousse à rejeter autrui ! Ne tuons pas cet homme car cela ferait de nous des meurtriers.
- La nature m'a appris à tuer pour ma protection et celle de mes proches, *répond Crinière-des-sables.*
- Nous serons en sécurité lorsque nous cesserons de répondre à la violence avec la haine !

Crinière-des-sables saisit sa lame en se levant et tranche la tête du coupable… Une vague de stupeur saisit la foule, alors le guerrier leur dit : « N'oubliez-pas ceci : lorsqu'une branche de l'arbre est malade on la coupe pour que la maladie ne se répande pas. »

7. La justice du peuple

Esprit-léger dit à Crinière-des-sables :
- Tout homme mérite un procès équitable ! Aucune pulsion de haine ne peut engendrer un avenir serein !
- Tu penses que ce criminel méritait de vivre ? *répond Crinière-des-sables.*
- Ce n'est pas à nous d'en juger, chaque être est enfant du Grand-Esprit. Et toi alors, maintenant que tu as tué un homme, quelle sanction dois-tu recevoir ?
- J'ai agi pour défendre le village de cet être mauvais, *reprend Crinière-des-sables.*
- Cela n'a aucun sens, la haine ne soigne pas la haine. Et si un homme qui tue un de ses semblables mérite la peine de mort, celui qui tue dix hommes mériterait donc dix peines de morts ? *rétorque Esprit-léger.*
- Alors dis-nous mon ami, que devons-nous faire contre celui qui nuit à autrui ?
- Nous devons chercher à rendre l'homme exempt du désir de vengeance, nous devons faire en sorte que le voleur n'ait plus cœur à voler plutôt que de le punir. Créer un appel, pousser vers l'entraide plutôt que d'interdire l'égoïsme... Les lois de l'homme sont faites pour être contredites, alors que les lois de la nature, elles, sont éternelles...

Les habitants du village sont partagés, face aux larmes de la femme et de la fille de ce criminel décapité, ils ne savent plus quoi penser. Un meurtrier peut-il devenir un homme bon ? Et alors, comment l'y aider ?... Va-nu-pieds, le sage doyen du village demande l'attention de tous les habitants : « Nous allons décider tous ensemble si un assassin, en étant bien certain qu'il est coupable, peut être ou non condamné à mort. Réfléchissez-y jusqu'à demain matin, nous voterons à main levée ici même au lever du Soleil. » Esprit-léger sait au fond de lui que nul homme ne peut condamner à mort autrui. Et que même si un criminel peut être emprisonné pour protéger les autres habitants, il ne faut pas porter un jugement car nous ne savons jamais ce qu'autrui a traversé comme épreuve pour s'abaisser à commettre de tels méfaits.

Esprit-léger va alors dans la forêt avec son fils, il sait que l'harmonie des arbres saura éclairer ses pensées. Se demandant par quelle voie se poursuit son chemin, il s'assoit sur un tronc d'arbre en caressant le doux visage de Petit-Soleil. Soudain son instinct lui révèle la présence d'une créature puissante. Il marche dans la direction de cette énergie et découvre une magnifique panthère noire allongée sur une branche juste au-dessus de lui.
- Je veux comprendre comment choisir le bon chemin et surtout comment mener les hommes troublés vers la paix, aide-moi, agile panthère...
- Avance sans te soucier d'autrui car le destin de chacun lui appartient, cherche à puiser l'essence de chaque chose. Trouve l'énergie qui tresse les cordes de chaque instant de ta vie, dit le beau félin en roulant des épaules, marchant sur sa branche.
- N'est-ce pas égoïste de fonctionner ainsi, d'être centré sur soi ? *demande Esprit-léger.*
- La vérité se trouve derrière le voile des émotions et des images... Sois habitué au jugement intuitif pour déchiffrer le parchemin de ton propre destin. La nature est ton guide, en suivant son enseignement, tu trouveras ton chemin, et montrera à chacun qu'il faut emprunter sa propre voie.
- Mais je dois bien m'inquiéter de ce que pense mon enfant ? *répond Esprit-léger.*
- Ses pensées ne t'appartiennent pas, ton fils est d'abord, comme toi, l'enfant de la vie. Ne lui impose aucune pensée mais sème dans son esprit les graines des plus belles idées, elles germeront dans le monde du futur, et ce monde ne sera plus le tien..., *prévient la belle panthère.*

8. L'organisme du monde

« On ne peut combattre le mal avec la fureur qui l'alimente, *songe Esprit-léger*. En tuant un assassin on crée un nouveau meurtrier ! Puis la famille du condamné voudra se venger à son tour, et ainsi de suite... La spirale de la haine ne cessera-t-elle donc jamais ? » Esprit-léger se souvient pourtant des merveilleuses victoires qu'il a partagé avec son ami Crinière-des-sables, son cœur s'emballe quand il pense aux grands moments qu'ils ont vécus ensemble. La belle panthère regarde l'homme et lui dit : « Va, emmène ton fils sur le chemin de l'avenir, il lui faudra découvrir la vie en se forgeant par la pratique et non uniquement le jeu des idées... »

Esprit-léger regarde son enfant qu'il porte dans le creux de ses bras en marchant dans la jungle épaisse : « Petit-Soleil, certains souvenirs sont de froides connaissances, des outils pour comprendre le monde, qui peuvent aussi devenir redoutables... Mais il faut ressentir pour vraiment appréhender le monde. N'oublie jamais ta communion avec l'univers. Notre mémoire profonde, notre souvenir éternel abonde de la chaleur de bien d'autres sentiments, notre peau vibre, notre sang boue en pensant aux moments magiques que l'on a vécus... Ce sont eux les véritables souvenirs de l'âme... Nous avons besoin de ces sensations intimes dans notre cœur. »

Le bon berger marche avec son fils à l'ombre de la canopée, il regarde le Ciel de verdure reposant sur mille troncs d'arbres, et ce sol fertile retenu par leurs racines enlacées. Il s'assoit pour donner au jeune garçon du lait de brebis dont sa gourde est pleine. Il sait que Petit-Soleil était mêlé à l'univers tout entier avant sa naissance, et maintenant qu'il est un être indépendant, des souvenirs chauds de cette union avec le monde bercent encore son esprit. Les sens de Petit-Soleil se souviennent de chaque frémissement et gardent vivants les instants du passé et de ses vies d'autrefois. Esprit-léger comprend que rien ne disparaît ici-bas, la colère et l'envie de vengeance ne s'évaporent pas. La haine se mêle au monde à la mort de celui qui porte la rage en lui...

« Il nous faut des années pour nous rendre compte que nous existons simplement. Des millions de minuscules cellules se regroupent et forment un arbre, qui se regroupent à leur tour et forment une forêt... Nous sommes tous comme une cellule de l'arbre, nous sommes une cellule de Gaia, nous formons une branche de la grande forêt de la vie. »

Esprit-léger comprend que même lorsque l'on coupe une branche malade d'un arbre, celle-ci jonche le sol de la forêt, le mal est déplacé ailleurs mais n'est pas vaincu, de plus cet arbre que l'on voulait protéger se trouve estropié... Nous avons tous notre rôle dans le merveilleux organisme du monde, nul ne naît pour être éradiqué par un homme égaré qui prétend soigner une maladie !

9. L'initiation

Esprit-léger sent le soir venir, il s'apprête donc à rentrer au village pour discuter avec les habitants de la décision à prendre. Il sait qu'il ne doit pas s'affliger des avis qui seront contraire au sien... Soudain une chauve-souris virevolte autour de lui, elle saisit dans sa gueule un insecte de nuit puis se suspend à une branche, la tête en bas et dévore sa victime :
- Dis-moi, la chauve-souris, pourquoi y a-t-il des animaux qui chassent et d'autres qui sont leurs proies sans défense ? *demande Esprit-léger.*
- Ne cherche pas une hiérarchie entre les organes d'un même corps, chacun cherche à rejoindre le grand Un...
- C'est donc pour cela que la nature nous pousse à aller au-delà de la peur de la mort... Mais les moutons : ils me suivent d'eux-mêmes, ils savent pourtant que je peux les manger quand vient la faim ?
- Toutes les créatures du Grand-Esprit choisissent leur évolution, nous marchons tous ensembles, et l'homme peut s'élever au-dessus des autres animaux pour montrer la lumière du Ciel. Voilà pourquoi certains animaux, après des siècles d'appréhension, acceptent parfois de suivre les humains...

La chauve-souris s'envole de son perchoir inversé, Esprit-léger marche rapidement à travers les branches tout en protégeant son fils Petit-Soleil, il fait sombre et il ignore où l'emmène la chauve-souris. Soudain les voilà dans le cimetière, une brume filandreuse rampe sur le sol... « Voilà les tombes des parents de cet enfant et de leur meurtrier : nous finissons tous côte à côte ! Détache-toi de toutes tes peurs, dépouille-toi de ton égo Esprit-léger et tu iras à la rencontre de l'avenir... »

Esprit-léger ressent l'amour d'un père pour son fils, du Grand-Esprit pour ses enfants, de Gaia pour le Ciel et du Ciel pour Gaia... Il pose délicatement Petit-Soleil sur l'herbe fraiche et danse autour de lui en gardant sa main droite sur la tête chaude du jeune enfant. Il tourne autour de lui comme le temps cavale sur les saisons : « C'est dans les pas rythmés d'une danse que le cosmos est apparut, que la brume originelle est venue... Pourquoi est-elle venue ? C'est ce que nous allons découvrir Petit-Soleil... »

Soudain Va-nu-pieds sort de l'ombre et regarde Esprit-léger de ses yeux brillants :
- Tu peux montrer la voie aux âmes perdue Esprit-léger, mais la nature sera toujours ton seul guide... La nature préserve ses enfants : les fils des peuples détiennent dans leurs cœurs l'équilibre de l'univers.
- Mais le sang de Petit-Soleil n'est pas celui d'un roi mais bien d'une paysanne et d'un nomade... *explique Esprit-léger.*
- Le sang mêlé sera toujours celui qui régénère, et Petit-Soleil détient les souvenirs hérités de millions d'ancêtres au-delà des montagnes, des mers et des plaines, c'est pourquoi son frisson parcourt également tout Gaia, il est issu du mélange des peuples !

Esprit-léger regarde longuement le vieux sage, il sait que l'alternance entre les cycles de la nature et les envolées de son esprit peut lui ouvrir le Grand Livre de la Vie. Il se fond dans la brume avec Petit-Soleil qu'il serre fort contre sa poitrine... La Lune est belle, c'est un disque argenté où s'en vont danser les âmes émerveillées...

10. La peine de mort

Alors plongé dans l'étreinte de sa bien-aimée Orée-des-cieux, Esprit-léger se réveille brusquement. Il est à l'entrée du village entouré de quelques moutons... Quand s'est-il endormi ? Que fait-il ici ? Où est Petit-Soleil ? « Calme-toi Esprit-léger, voilà ton fils. », lui dit Va-nu-pieds, lui tendant l'enfant qui dort paisiblement tout en lui disant : « Quand vient le réveil au matin, tu ne te souviens pas du grand jardin où abondent tous les songes. Pourtant si tu t'assoies dans l'herbe de cette prairie merveilleuse chaque soir, c'est qu'elle existe belle et bien... c'est donc toi qui l'abandonne en dehors du sommeil pour d'autres pensées. Regarde ce Soleil : il t'enivre de lumière, mais il t'éblouie également et te prive des étoiles et de la Lune... Le monde ne peut tenir dans un seul regard... »

Esprit-léger songe que la Lune tourne sans cesse autour de Gaia, nous berçant de sa douce attraction. De la même façon que Gaia tourne autour du Soleil... Les créations du Grand-Esprit sont attirées par toutes les autres formes de l'univers. Le monde semble conspirer pour se regrouper, pour réunir tous ces compagnons en orbite, mais les humains veulent-ils rester loin de l'unité vers laquelle tend la nature toute entière ?

Va-nu-pieds demande le silence sur la grande place du village, Esprit-léger s'approche alors et voit tous les habitants réunis pour décider si la peine de mort doit être autorisée ou non. On demande à ceux qui sont partisans de lever la main, Pétale-sucré fait le compte, puis inversement pour ceux qui au contraire s'opposent à cette loi. Après un court moment d'agitation, Pétale-sucré annonce à haute voix le résultat : ceux qui sont favorables à la peine de mort sont les plus nombreux...

Esprit-léger se dit, attristé, que la peur d'autrui aura eu raison du bon sens... Il prépare aussitôt son balluchon et s'en va saluer tous les habitants du village : « J'aimerai vivre encore à vos côtés dans cette magnifique vallée, mais je ne saurai comment expliquer à mon fils qu'il faut créer un meurtrier pour en punir un autre... » Esprit-léger embrasse chaleureusement Crinière-des-sables, son vieil ami à la fois fier et songeur, la belle Pétale-sucré et bien d'autres habitants du village. Il part sans colère et sans remord, son chemin doit simplement se poursuivre encore un peu plus loin, il en est ainsi. Il comprend que l'attraction du monde tout entier est plus forte que celle d'une simple communauté, et que c'est en s'ouvrant à la nature que l'on rejoint les lois universelles qui permettront à tous les êtres de vivre en symbiose.

Une hirondelle l'accompagne sur les premiers pas de son départ :
- Où vas-tu donc, toi le berger, sans tes moutons ?
- Je cherche le chemin qui mène au Ciel mais je n'ai ni carte ni boussole pour y parvenir.
- Alors quelle direction vas-tu suivre ?
- Je suis mon étoile dans le Ciel, elle trace ici-bas un chemin éternel... Je veux semer dans mon sillon la bonté et la paix et voilà pourquoi je préfère la nature à ce village.
- Eh bien soit ! Mais si tu te rends au Ciel, pourquoi n'emmènes-tu donc pas tes moutons ?
- Je ne suis pas sûr d'y parvenir, jolie hirondelle, mais chacun est invité à partager ma route, tous ces moutons sont mes amis et je serai toujours heureux de les avoir près de moi !

La belle hirondelle, qui brille dans la lumière du printemps, portée par la légèreté des pensées positives qui s'envolent, elle qui vit dans les toits des maisons et ne pose jamais pied au sol, dit à Esprit-léger : « Tu marches à la recherche d'un nouveau foyer, mais notre maison à tous c'est le monde ! et celui qui ne craint pas de s'aventurer dans les secrets de l'infini, ne sera jamais seul... » Au même instant plusieurs moutons égarés dans la vallée se rassemblent pour accompagner Esprit-léger et Petit-Soleil sur le sentier de l'avenir...

Neuvième cycle :
L'île des créateurs

1. La lumière des étoiles

Les semaines s'écoulent et Esprit-léger parcourt les vertes collines accompagné de ses moutons et de son fils Petit-Soleil. Il traverse les pluies infatigables, les forêts épaisses et les roches abruptes. Il a attaché des rondins de bois pour construire des embarcations et emmener ses compagnons au-delà des eaux turquoises. Il veille chaque nuit à ce que les prédateurs n'attaquent pas son troupeau et il le guide chaque jour à travers les vastes étendues de Gaia. Son fils grandit plus vite qu'un père ne peut l'imaginer. Après une poignée de mois le garçon sait déjà balbutier quelques mots et faire quelques foulées.

Au petit matin, une autruche s'est endormie au milieu du troupeau de moutons, elle se réveille en sursaut et court dans toutes les directions en criant « Laissez-moi sortir ! Laissez-moi sortir ! » puis d'un coup, les yeux exorbités, elle prend une grande bouffée d'air et plante sa tête dans le sol ! Esprit-léger s'approche rapidement et lui demande :
- Tout va bien, Madame l'autruche ?
- Oui oui, là je suis à l'abri ! Ouf ! *répond-elle, la tête sous terre.*
- A l'abri de quoi, Madame l'autruche ? Quels dangers te guettent ? *insiste Esprit-léger.*
- Beaucoup beaucoup de dangers, à l'instant j'étais presque prisonnière d'une armée de créatures de laine ! Je me suis réfugié sous le sol juste à temps… *Puis elle se met à hurler à nouveau en retirant brusquement sa tête :* là ! juste là : on m'attaque à nouveau !

Une taupe sort par ce trou dans le sol : « Qu'est-ce qui se passe ici ? C'est un tunnel en travaux m'sieurs-dames ! Interdit au public ! ». La taupe se frotte les yeux mais elle ne distingue ni l'autruche, ni Esprit-léger, puis retourne à son ouvrage.

Esprit-léger sourit à l'idée que l'autruche peureuse se cache sous terre. Pourtant ne pas regarder les dangers ne l'en préserve pas. Au contraire, en étant ainsi immobile elle s'expose aux plus grands risques ! On apprend en avançant, comme le montre la taupe, par l'ouvrage de ses propres mains… Aveugles ou pas, après tout, cela n'est pas très important…

Esprit-léger s'endort et rejoint en rêve sa douce Orée-des-cieux. Tous deux parcourent le Ciel en dansant. Soudain il ouvre les yeux, le sol est tapissé d'étoiles, elles brillent merveilleusement dans la nuit noire et illuminent le doux visage de Petit-Soleil endormi, Esprit-léger croit voir le reflet du Ciel sur la prairie : « Comment cela est-il possible ? », se demande-t-il. Puis une des étoiles s'approche de lui en volant dans les airs et se pose sur sa main. C'est une petite luciole qui le regarde et lui dit :
- Y a-t-il plus grande tromperie que ta propre vue ? Il est des millions de visages de l'univers que nos yeux ne peuvent nous révéler…
- Oui, petite luciole, en te voyant briller dans le noir, je me dis que l'on croit observer une étoile inaccessible alors qu'elle est en réalité un compagnon à portée de notre main ! *répond Esprit-léger.* J'ai appris que seule notre âme peut parcourir le monde tout entier et s'élever vers le Ciel, mais comment aider les autres à nous accompagner ? *demande-t-il.*
- Nous, lucioles, cherchons toujours la lumière au fond de notre propre cœur car nous pouvons ainsi devenir nous-mêmes une bonne étoile pour autrui.

2. La nouvelle vitalité

Esprit-léger repense souvent à ses amis, à ce village qu'il a quitté car les habitants souhaitaient punir de mort les brigands. Certes, la loi doit être bâtie par le peuple, mais lorsque ce dernier s'égare, comment le mener vers le droit chemin ? Esprit-léger écoute son instinct qui lui dicte que nul homme ne peut se proclamer le droit d'ôter la vie à son semblable mais il sait aussi que le peuple doit décider, les lois ne doivent pas lui être imposées. Il sait que la nature ne garde pas de rancœur, alors il veut chasser les mauvaises pensées de son esprit. Il lui semble pourtant que les hommes comprennent la paix, et la souhaitent réellement, mais ce désir est trop souvent dominé par le grondement de l'envie de dominer... Esprit-léger a vu les hommes s'égarer sur le sentier de la haine. En comprenant ceci, c'est d'abord la colère qui est venue dans son cœur, puis la tristesse et enfin la peur de voir la violence s'abattre sur le monde... Et la peur a réduit sa vision du monde. Il s'assoie pour méditer et ressentir à nouveau la grandeur de l'univers, il veut être enivré par la plénitude, bercé par l'étreinte de sa belle Orée-des-cieux qu'il cherche à rejoindre en songes... Il appelle son amour en pensée.

« Yahahahaha ! » Petit-Soleil éclate de rire, il s'est faufilé dans la poche d'une maman kangourou qui se reposait à l'ombre d'un buisson, celle-ci se réveille en sursaut et rebondit de tous les côtés ! Le petit garçon est secoué à chaque impulsion, il s'accroche aux poils de cette curieuse créature en riant ! et ne manque pas de tomber à plusieurs reprises, mais il apprend à mieux se réceptionner à chaque chute et reprend sa chevauchée de plus belle. « Il nous faut l'expérience des sens pour distinguer les avantages et les inconvénients de toute situation... » songe Esprit-léger.

Petit-Soleil s'amuse beaucoup avec la maman kangourou, puis celle-ci se tourne vers Esprit-léger : « Vous me semblez très sympathiques votre fils et vous ! Suivez-moi je vais vous faire découvrir quelques merveilles de notre grande île ! »

Esprit-léger est heureux de partir à la rencontre de nouvelles images. Le kangourou glisse à l'oreille de Petit-Soleil : « Tu vois mon garçon il te faut garder cette énergie, ce dynamisme, c'est lui qui te permet d'apprendre toujours de nouvelles choses, et c'est en apprenant que tu renouvelleras cette énergie. Ton esprit doit bondir de pensée en pensée avec toujours plus de joie ! »

Esprit-léger comprend que pour rejoindre la lumière du Ciel, il lui faut raviver sa flamme intérieure, comme la luciole, car seules des pensées nouvelles et pleines d'espoir peuvent nous mener vers un avenir radieux.

3. De drôles de créatures

Les trois compagnons se promènent dans la steppe aride, suivis par le troupeau de moutons. Esprit-léger est désormais un homme sage et mûr, il regarde son fils Petit-Soleil avec bienveillance se faire balloté dans la poche du kangourou. « Qu'elle astucieuse invention de la nature… », se dit-il.

En chemin ils rencontrent le hérisson, mais en s'approchant pour faire sa connaissance, l'animal se transforme en une véritable boule de piquants ! « Voilà de quoi décourager celui qui voudrait l'attaquer ! », s'exclame Esprit-léger. Quelques instants plus tard, ils découvrent un grand fourmilier qui lance sa langue collante dans les trous du sol pour manger les insectes…

Ils poursuivent leur route jusqu'à un coin plus humide. L'herbe y est dense et verte. Le kangourou s'arrête pour brouter quelques feuilles fraiches, alors Petit-Soleil descend de la poche et court jusqu'au bord de l'étang tout proche. Il se désaltère avant de plonger entièrement dans l'eau ! Il se trouve alors nez à nez avec un étrange animal : il a un bec et des pattes de canard, une fourrure de loutre, une queue de castor… « Tu es une bien curieuse créature, toi ! » lui lance Petit-Soleil. Le kangourou poursuit : « C'est un ornithorynque ! et tu ne sais pas tout : il a un dard de scorpion à ses talons, et puis il pond des œufs mais il allaite tout de même ses petits ! »

Durant ces quelques années sur la route, Petit-Soleil a bien écouté les enseignements de son père, il sait que les yeux ne peuvent nous révéler toutes les merveilles du monde, alors il clôt ses paupières et cherche à sentir quelles autres merveilles sont dissimulées ici. Lorsqu'il porte à nouveau son regard celui-ci se tourne instinctivement vers un caméléon dissimulé dans l'arbre. Mille couleurs courent sur ses écailles, ses yeux tournent dans toutes les directions et finissent par se poser sur le jeune garçon qui lui tend la main. Sans un mot le caméléon marche lentement le long du bras de Petit-Soleil jusqu'à son épaule où il s'y blotti.

« Le Grand-Esprit dote les créatures qui en ont la volonté sincère des inventions les plus extraordinaires ! » songe Esprit-léger.

Les moutons ont pu reprendre des forces dans ce coin de verdure. Ailleurs, il fait très chaud et le sol sec ne permet pas aux prairies de s'étendre sur de vastes surfaces. Cette escale aura fait le plus grand bien au troupeau… Telle une caravane, ils reprennent la route, et tombent cette fois-ci sur un dingo agonisant dans la poussière. D'instinct Esprit-léger pressent un danger : « Attendez, dit-il, n'y allez pas ! ». En effet un jeune vautour tourne autour du chien sauvage. En réalité celui-ci patiente pour s'emparer du volatile charognard ! Le dingo est alors surpris dans son propre piège : un varan, le plus grand des lézards, s'approche également pour dévorer l'animal qui feint d'être blessé. Le jeune dingo sournois se lève brusquement et s'enfuit alors à grandes foulées… « Celui qui trahit la vérité finit souvent pris dans son propre piège. » se dit instinctivement le jeune Petit-Soleil.

Le sentiment de danger que ressent Esprit-léger est toujours présent. Il scrute l'horizon, et soudain, vif comme la lumière, se jette devant le kangourou qui porte son fils. Au même instant un coup de tonnerre résonne dans la plaine, sur un flanc de colline un homme qui porte un fusil s'enfuit à grandes enjambées… Une tâche de sang s'étend sur la tunique d'Esprit-léger qui s'effondre sur le sol. Il vient de sauver la vie de son fils et du kangourou qui était la cible du tireur…

4. Le chant de la guérison

Esprit-léger transpire à grosses gouttes, il a beaucoup de fièvre et ne parvient pas à rassembler ses pensées. Pied-à-terre l'a recueilli chez lui après l'avoir trouvé inconscient sur le sol, il pose sur son front des compresses humides et fraîches. Petit-Soleil est à son chevet avec ses compagnons : le kangourou et le caméléon.

La souffrance est si grande qu'Esprit-léger ne parvient pas à être lucide, il essaye pourtant de se concentrer pour dominer sa douleur… « Ma souffrance est grande, mais je garde espoir ! N'y a-t-il jamais un hiver qui ait balayé le printemps ? La douleur est la porte brûlante de la demeure du savoir, il n'appartient qu'à moi de me présenter à son seuil, au seuil de mon propre esprit. En passant cette porte je trouverai à nouveau la joie, car la joie est en moi et non dans les choses du monde. Mon cœur est l'océan. On peut remplir l'océan, il ne sera jamais plein, le vider, il ne sera jamais vide… »

Voyant le père de son ami en souffrance, le petit caméléon part dehors et revient quelques instants plus tard accompagné d'un majestueux cobra. Tous s'écartent en voyant le plus venimeux des animaux s'approcher d'Esprit-léger :
- Si tu cherches la joie, invite plutôt le vide en toi, car la joie véritable ne vient que par elle-même. Chasse d'abord la douleur, laisse donc tes yeux se vider de leurs larmes pour bientôt se remplir de lumière, *lui susurre le cobra.*
- Je veux créer l'étincelle qui consume mes douleurs et mes tourments… *Soupire avec peine Esprit-léger.*
- Non, ne parle pas ! Pour être convalescent il faut chanter sa guérison !

Alors Esprit-léger chante une douce mélodie qui l'apaise, le serpent ondule au rythme de ses fredonnements… « Le monde est comme un grand serpent… Si tu fais danser le monde, comment pourrait-il t'inoculer son vertige ? »

Au même instant un minuscule oiseau, pas plus grand qu'une abeille, entre par la fenêtre. C'est un élégant petit colibri qui, séduit par la douce mélodie, s'approche pour lui glisser quelques murmures : « Fuir ou subir la douleur sont des trahisons de ta vérité, *lui dit-il,* assume cette souffrance ! Aucune énergie n'est perdue, mais tu peux transformer ta souffrance en art. Cette belle mélodie est une catharsis pour offrir ta créativité à l'univers, et en retour partager la beauté, boire le nectar du monde. »

Esprit-léger se forçait à chanter et à sourire mais bientôt son propre organisme se laisse séduire par cette attitude positive : « Aujourd'hui l'homme pollue le sol, abat les arbres, chasse les animaux et affronte ses semblables… Mais là n'est pas notre rôle, nous sommes ici sur Gaia pour révéler la beauté sous toutes ses formes ! Et tout est beauté, Gaia attend désormais le couronnement de notre regard ! »

5. Le juste pardon

Pied-à-terre, qui héberge Esprit-léger, regarde la douce maman kangourou jouer et prendre soin de Petit-Soleil juste à côté de lui. Alors soudain le poids de son secret devient trop lourd :
- Je dois vous avouer une chose, en particulier à toi, Esprit-léger. C'est moi qui t'ai tiré dessus... Je visais le kangourou mais tu as bougé et... C'était un accident, je te le promets !
- Je sais cela, Pied-à-terre... *lui répond Esprit-léger.*
- Pourquoi n'as-tu rien dit ? et surtout, sauras-tu me pardonner ?

Esprit-léger songe à l'ironie de cette situation, car à l'origine c'était Pied-à-terre qui devait soigner ses blessures et non l'inverse. Alors il lui répond :
- Je n'en ai pas parlé car je n'entre pas dans les secrets des êtres sans y avoir été invité. Je te pardonne cette erreur mais en vérité, toi, pourras-tu pardonner le mal que tu t'es fait à toi-même en me tirant ainsi dessus ?

Le caméléon posté sur l'épaule de Petit-Soleil comme il en a déjà pris l'habitude, vire au noir, fâché par ce qu'il entend là dans la bouche d'Esprit-léger. Ce dernier ressent cette colère et, en regardant le caméléon, se souvient avoir déjà vu l'animal avancer délicatement sur les branches qu'il arpente. Le caméléon avance doucement, il prend soin de ne pas déranger l'arbre qui le porte, de ne pas abimer ses branches et son écorce. Habile et prudent, il avance lentement, mais il avance... Et ne se détourne jamais de son chemin. Si un obstacle lui barre la route, le caméléon s'adapte, se confond dans le paysage, projette sa langue pour capturer des proies plus loin. C'est cette détermination qui lui a permis d'acquérir de multiples capacités et d'évoluer au fil des Lunes. Esprit-léger devine ainsi la pensée du caméléon : pour trouver sa place et permettre de maintenir l'équilibre et l'harmonie il faut bien souvent s'adapter à notre situation, sans pour autant se détourner de notre chemin...
- Je ressens ta colère, beau caméléon aux mille facettes colorées, tu sais te fondre dans toutes les situations que la vie place sur ton chemin. Mais sache que je ne porte aucun masque, je suis l'amant de la vérité et d'aucune façon je ne peux la trahir.
- Je ne t'incite pas à trahir ta vérité mais à lui apprendre à parler à la vérité en ton ami. Si tu pardonnes avant tout pour trouver la paix en toi n'est-ce pas égoïste ? Et si tu dois porter l'œil de la tristesse pour pardonner, n'est-ce pas persécuter autrui du fouet de ta pitié ?

Alors Esprit-léger comprend soudain que le Soleil, après avoir atteint son zénith, poursuit sa courbe pour redescendre proche de la terre et des hommes. Il réalise que, même si ses intentions sont pures, pour pouvoir partager une idée, il lui faut se rapprocher et mieux écouter autrui. Esprit-léger doit encore apprendre à maîtriser l'art subtil de savoir donner et de savoir recevoir.

Le sage berger convalescent médite cet enseignement, il regarde par la fenêtre ses moutons éparpillés dans la steppe sous le coucher du Soleil. « Le rôle des hommes est de révéler la beauté sous toutes ses formes, pour cela nous devons utiliser chaque chose avec l'habileté et la douce détermination du caméléon. La même plume qui caresse le vent pour donner son envol à l'oiseau, caresse le papier pour y déposer nos idées... Et il nous faut être avisé car toute beauté n'est réelle qu'en créant l'harmonie de Gaia, en se mêlant à la danse de l'univers. Ainsi seulement nous pouvons devenir des musiciens de l'orchestre du Grand-Esprit ! »

6. Le créateur et l'harmonie

Pied-à-terre songe un moment à la beauté que forme tout l'univers, mais cette pensée d'un être suprême qui dirigerait le monde lui semble impossible :
- Oui je dois tuer pour vivre ! comment vivre en paix avec cela !? Je ne crois pas au Grand-Esprit ! Je veux vivre chaque instant de ma vie librement, sans le poids des dogmes des hommes. Je ne veux pas de cette fausse éternité contre mon présent ! Je veux simplement être heureux, me lever chaque jour avec de bonnes intentions sans savoir ce que je vais en faire...
- Oui tu as de bonnes intentions, mais ce que tu ignores c'est ce que le Grand-Esprit va en faire et non toi. Est-ce toi qui gouverne chaque événement de ta vie ?
- Non, et je m'excuse à nouveau pour t'avoir blessé cela n'était pas mon but, mais je crois au bonheur sur cette Terre et non dans des illusions du Ciel !
- Es-tu certain d'être honnête avec ton propre cœur ? car si tu cherches à être heureux, sache qu'il n'existe plus grand bonheur que l'harmonie avec tout l'univers. Autrement ton âme restera parcimonieuse... Si tu crois que la vie n'est qu'une errance sans autre but que le plaisir, cela rendra les événements moins favorables...

Petit-Soleil interpelle soudain Pied-à-terre :
- Pourquoi avoir cherché à tuer mon ami le kangourou ?
- Tu vois comme nos terres sont arides, *lui répond Pied-à-terre,* il est déjà difficile de nourrir nos troupeaux alors nous chassons les kangourous pour ne pas qu'ils ravagent nos prairies...
- Tu tires sur tous les kangourous que tu rencontres !?
- Cela me fait mal au cœur, en particulier maintenant que je vois son regard bienveillant et la complicité que vous avez tous les deux... Mais c'est nécessaire pour préserver nos troupeaux et nourrir notre peuple... Et puis je me dis quelques fois que seuls les kangourous les plus habiles survivront, la sélection fait évoluer et progresser les espèces, tu ne crois pas ?
- Mon père m'a appris que les yeux ne nous révèlent pas la réalité, une simple main posée devant ton regard peut faire disparaître une montagne !
- Que veux-tu dire ? *dit Pied-à-terre un peu perdu.*
- La compétition fait progresser les créatures mais moins que l'harmonie ! *Reprend Esprit-léger.* Au commencement, il n'y avait que matière et au fur et à mesure les nageoires, les ailes, les écailles multicolores sont apparues ! Les espèces évoluent avant tout grâce à leurs propres rêves...

Un grand homme n'est pas soumis aux lois et aux doctrines qui lui interdisent de penser. Un grand homme n'est pas non plus un metteur en scène qui maîtrise l'art de manipuler les foules. Dirigé et être dirigé, voilà le commencement de toutes dépendances, voilà l'énergie perdue à tordre une pensée qui devrait au contraire grimper comme une plante sauvage dans des lieux inattendus ! Soyons des créateurs, tous, soyons des compagnons du Grand-Esprit ! Qu'il n'y ait plus de moutons ni de bergers mais uniquement des inventeurs du futur !

7. La marche de l'espèce

Pied-à-terre regarde avec sympathie le dynamique kangourou débordant d'énergie. Il songe à la création du monde, à l'énergie de l'univers qui a engendré la vie, d'abord dans le souffle de la plante. Puis la réflexion est venue avec l'animal et lorsque celui-ci s'est doté d'un sens de l'équité, il est devenu homme. « Avec ce sens de l'équité nous pouvons rassembler tous les êtres et maintenir l'équilibre de la vie, ne serait-ce pas cela notre rôle dans la grande harmonie ? » commence à comprendre Pied-à-terre, avant de s'adresser à son ami :
- Esprit-léger, tu me dis qu'il nous faut devenir des créateurs mais voici la poudre et le fusil que mes parents ont mis au point… le côté sombre de l'homme cherchera toujours à créer de mauvaises inventions comme celle-ci ! *dit Pied-à-terre.*
- Il n'est pas de mauvaises inventions mon ami, il n'est que des mauvaises utilisations. Raconte-moi plutôt ce qui vous a conduit à fabriquer des armes…
- Autrefois vivait un grand prédateur : le thylacine, on l'appelait le tigre-loup. Il faisait tellement de ravages dans nos troupeaux que nous avons fabriqué ces fusils pour le chasser… Aujourd'hui nous avons exterminé toute cette espèce… C'est pour cela qu'il y a beaucoup trop de kangourous désormais, nous pouvons à peine nourrir nos troupeaux… Nous avons déséquilibré le cycle de la nature au lieu de le préserver… *explique Pied-à-terre.*
- L'homme peut-il cesser de chercher son intérêt individuel et embrasser l'ensemble auquel il appartient ? Nous pouvons suspendre au-dessus de nos têtes notre amour érigé en loi, devenir citoyen du Ciel, ainsi désirs et devoirs ne seront plus qu'un.
- Les sages ont écrit des textes sacrés pour transmettre les enseignements du Ciel, nous pouvons suivre leur message, Esprit-léger…
- Mais c'est d'abord leur exemple qu'il faut suivre : créer la vérité. Car elle est bien en nous, mais elle n'est pas figée, elle évolue avec le monde, avec nos cœurs ! L'homme doit avancer, il peut se dépasser lui-même pour devenir une créature céleste.
- Mais quand l'homme a peur, il choisit la violence : de nombreux bergers de l'île projettent déjà de se munir de leurs fusils et de mener leurs troupeaux vers le Nord. Ils veulent envahir un village de la vallée qui est petit à petit abandonné par ses habitants, et ses terres sont très fertiles…

Ce village est celui qu'Esprit-léger a lui-même quitté car la peine de mort y était pratiquée, en quelques semaines de marches les guerriers pourraient s'y rendre… Ainsi d'autres habitants de la vallée auraient suivi sa voie ? Esprit-léger a appris lors de son voyage que toute chose crée son contraire et que tout ce qui existe en pensée est aux portes de notre monde. Il n'est donc pas de meilleure façon de désamorcer le mal que de l'ignorer complètement…

Petit-Soleil tire la manche de son père, il le regarde avec de grands yeux humides, imité par ses amis, le kangourou et le caméléon :
- Père ! nous devons empêcher cette guerre !
- En toutes choses il nous faut d'abord une juste compréhension de la situation, après seulement nous pourrons avoir des intentions véritablement pures sans nous méprendre et enfin avoir une conduite avisée…

8. Croire pour comprendre

Le soir venu, tous les compagnons sont réunis autour d'un feu de camp et dégustent quelques fruits grillés. Tous se demandent comment ils peuvent convaincre les hommes de ne pas se livrer à cette guerre. « Peut-on combattre pour les empêcher de partir à la conquête de ce village ? Ils sont bien trop nombreux de toutes façons et même si nous le pouvions, ce serait empêcher la violence par la violence... Ça n'a pas de sens... »

Alors le kangourou s'approche en quelques bonds, et dit haut et fort : « La solution de toutes les situations est la volonté ! Alors peu importe le chemin que nous allons choisir d'emprunter, tant qu'il y a le cœur ! » Sur ces paroles Esprit-léger se tourne vers Pied-à-terre : « Ami, c'est exactement cela, il nous faut d'abord avoir foi. Il en va de même pour le Grand-Esprit. Il nous faut croire en Lui pour comprendre son œuvre et non comprendre pour croire... » Alors Pied-à-terre songe un moment à cela et se dit qu'il n'a rien à perdre à essayer et que, justement, la force de celui qui croit est d'abord dans sa foi et non dans le Grand-Esprit... « Oui, j'y crois Esprit-léger ! Je comprends que toutes les forces de l'univers conspirent à faire grandir notre monde ! Nous appartenons à cette harmonie. » Alors Esprit-léger défait le bandage autour de son abdomen et tous constatent que la blessure est pratiquement guérie. « C'est un miracle » s'écrit Pied-à-terre !

Petit-Soleil, en entendant ceci se dit intérieurement qu'il peut s'élever en esprit aussi haut que son père, même s'il se sentira seul et différent des autres hommes, peu importe. Il sait qu'en s'élevant, il deviendra certainement tout d'abord minuscule aux yeux de ses semblables, mais peut-être deviendra-t-il ensuite une étoile qui les éclaire et les guide dans l'obscurité...

Alors que tous se demandent comment ils vont pouvoir agir, dans la pénombre derrière eux, un animal s'approche, le souffle lourd. « Il vous faut le courage pour faire ce qui est à votre portée, l'humilité d'accepter ce qui est inaccessible et surtout beaucoup de sagesse pour distinguer l'un et l'autre. » C'est un tigre-loup ! Tous croyaient que cette créature n'existait plus, en vérité elle rôdait à proximité du campement en attendant depuis des années le moment propice pour se montrer. « Je sais où se trouvent les réserves de poudre que les hommes veulent emporter vers la vallée. » dit alors la stupéfiante créature. Esprit-léger sourit. Il sait depuis longtemps maintenant que la nature peut dissimuler de profonds secrets, et si l'homme en est bien le gardien mais qu'il ne respecte pas son rôle, c'est lui-même qui sera victime du déséquilibre engendré. La nature, elle, poursuivra son chemin...

Le lendemain, avant même les premières lueurs de l'aurore, Esprit-léger, Petit-Soleil, Pied-à-terre et le kangourou suivent le tigre-loup à travers la steppe. « Allons-nous détruire cette poudre ? », demande Petit-Soleil à son père. Celui-ci lui répond : « Je disais que toute invention n'est pas mauvaise car elle n'est qu'un outil, à nous d'en avoir un juste usage ! Pour détruire un projet, et donc ici désamorcer cette guerre, saboter leur entreprise n'est pas la meilleure solution... A l'inverse il nous faut ignorer leur dessein et bâtir à la place un nouveau projet par-dessus ! Et j'ai justement une idée à ce propos... ». Après ces longues heures de marche, ils contournent le village pour accéder directement aux réserves de poudre et emportent les sacs. « Au voleur ! Arrêtez-les ! » Les habitants les ont repérés et se mettent à leurs trousses...

9. La courbe du changement

Bientôt une immense foule course nos amis, Petit-Soleil porte un sac sur sa tête, le kangourou deux dans sa poche, le tigre-loup trois dans sa gueule… Ces charges les ralentissent et ils savent qu'ils ne pourront distancer leurs poursuivants. Alors Esprit-léger s'arrête et s'apprête à fredonner l'enivrante mélodie qui avait séduit le cobra. Mais avant cela, il crie à Pied-à-terre : « Courez à la cascade ! Je vous retrouverai là-bas ! ». Le tigre-loup lui renvoie un regard franc qui souligne sa pensée : « J'ai compris ton plan ! », devine alors Esprit-léger dans ses yeux. Il regarde ses compagnons et son fils s'éloigner… les poursuivants approchent rapidement. Il faut qu'il agisse tout de suite, le temps presse, mais il doit se détendre car l'art, comme toute œuvre du Grand-Esprit, n'est pas une performance. Il s'agit avant tout de s'accomplir dans la plénitude de l'être, dans l'oubli de soi-même. La mélodie que fredonne Esprit-léger ne porte ni ordre ni colère. Il sait que chacun doit être libre d'épouser ce chemin. Cette chanson n'est autre qu'une invitation à venir auprès de lui…

Les poursuivants se précipitent pour lui asséner des coups de bâtons, de fourches, d'épées et de tout autre objet qu'ils ont emportés dans la précipitation. Esprit-léger reste calme, accroupi sur le sol, il fredonne paisiblement son envoûtante mélodie. Soudain une véritable marée de moutons se ruent autour du musicien. Ils s'agitent tout autour de lui dans une chorégraphie désorganisée et ainsi bousculent et projettent à terre les assaillants qui ne savent plus où donner de la tête. « Dansez mes compagnons ! », dit Esprit-léger alors que les villageois s'enfuient.

Quelques instants plus tard une explosion retentit dans la steppe, le bruit provient du haut de la colline où l'eau de la cascade se lance dans le vide et vers l'océan. « Ils ont réussi à détourner le cours du fleuve ! », se réjouit Esprit-léger. Alors une large vague glisse sur la plaine et abreuve ce sol aride. Les moutons sont fous de joie, ils courent dans l'eau, s'hydratent et mangent l'herbe humide et fraiche ! De nombreux kangourous les rejoignent et les éclaboussent en bondissant dans l'eau.

Un cygne se pose sur l'eau avec délicatesse. Il regarde Esprit-léger et lui dit « Le changement doit être poésie, une simple ride, gracieuse, sur la surface de la vie, une douce courbe qui transporte les êtres vers la beauté de toute chose… mais prend garde car l'eau qui court est fraîche et pure alors que l'eau qui dort exhale des vapeurs toxiques… ». Esprit-léger comprend qu'il faut chercher la poésie partout mais ne jamais tenir le beau pour beau, car ainsi vient le laid ! La vérité est éternelle, mais nous devons l'accompagner dans sa course, grandir avec elle, évoluer avec le monde qui nous entoure… Esprit-léger peut franchir les portes du Ciel par la perception du non-être, en embrassant l'univers tout entier. Alors il fait le vide en lui et rejoint en pensée sa belle Orée-des-cieux, il dit une prière, il sait que les plus belles pensées peuvent prendre forme lorsque notre esprit y croit avec la force douce et naturelle de l'évidence. Tout ce qui arrive est le rayonnement d'une idée… Il sent soudain une main délicate se poser sur son épaule « Quelle belle mélodie, je l'entendais comme en rêve depuis ma maison, comment un cœur libre pourrait s'en détourner ? », lui glisse à l'oreille Orée-des-cieux, son âme sœur.

Les deux amants tombent dans les bras l'un de l'autre puis se dirigent vers la colline pour retrouver Petit-Soleil et leurs autres compagnons… Après s'être retrouvés en rêves des centaines de fois, les voilà enfin réunis dans la matière. Chacun loin de l'autre Esprit-léger et Orée-des-cieux ont su croire, attendre, aimer et prier pour se retrouver parfois en songe. Aujourd'hui ils tombent dans les bras l'un de l'autre. Le monde des rêves se mêle parfois un peu à celui des choses…

10. Le sillon du futur

« Esprit-léger par ici ! *crie Pied-à-terre,* à présent les hommes vont vous traquer, il faut fuir par l'océan ! Merci pour ton aide, grâce à toi ces terres seront bientôt verdoyantes... Mais les hommes sont ainsi, leur avidité crée des frontières. Moi-même, je ne voyais que mon propre intérêt et non l'harmonie de l'ensemble auquel j'appartiens. Ce beau tigre-loup qui était mon ennemi sera maintenant mon compagnon et nous unirons nos forces pour protéger les troupeaux des autres prédateurs ! »

Petit-Soleil embrasse la douce maman kangourou et son fidèle compagnon caméléon, il tombe de chagrin et de fatigue dans les bras d'Orée-des-cieux qui porte un tendre baiser sur son front.

D'un bon coup de patte, le kangourou pousse la pirogue jusqu'à la rive où embarquent Orée-des-cieux et Petit-Soleil. Ils se laissent alors tous les trois portés par l'océan en chantant pour dire au revoir à leurs amis. Ils avancent dans les nuées de brume...
- L'art est une formidable source d'énergie, elle révèle l'humanité qui est en nous... *dit Orée-des-cieux de sa voix douce.*
- Qu'est-ce que l'art ? *demande alors son enfant Petit-Soleil.*
- L'art est un lieu imaginaire où le créateur et l'observateur se rejoignent en traversant le temps et l'espace. L'art est partout, la poésie est l'intimité du monde... Créer, mon fils, c'est révéler ce supplément d'âme en nous-mêmes, c'est découvrir humblement le chemin qui nous sépare de la perception absolue... Un esprit qui crée est un esprit libre, il parcourt le monde des idées et épouse son propre destin. Il invente de belles images et rend son chemin favorable.

Esprit-léger ouvre grand ses bras pour accueillir l'air de l'océan, et dit alors à Petit-Soleil : « Gaïa est une mère protectrice, elle nous berce, le sol est son sein nourricier, l'eau est son sang et ton héritage qui circule en ton corps. Le vent est un souffle qu'il te faut partager avec le monde. Le feu du Soleil est une étreinte fertile qui nous purifie. »

Esprit-léger ressent alors l'énergie du monde, elle change dans la danse de Gaia. « La nuit je me sens lourd comme la pierre et calme comme l'eau. Mais dans le jour je suis vif comme la flamme. Et puis à l'aube ou au crépuscule je suis léger comme l'air... *songe le poète.* Nous devons connaitre les pas de la danse à laquelle nous sommes invités pour vivre en harmonie et enfin nous libérer de toutes les frustrations. »

Orée-des-cieux pose sa tête sur l'épaule de son compagnon. Ils regardent ensemble l'horizon qui les appelle, le Ciel est assombrit par les mauvaises pensées des hommes et des turbulences semblent fondre sur leur royaume ! Esprit-léger sait qu'il lui faudra apprendre à embrasser de nouvelles énergies pour rétablir la paix sur Gaia.

Dixième cycle :
Le royaume du Ciel

1. La brume originelle

C'est l'histoire d'une idée qui rencontre un pays... C'est une longue histoire, sinueuse et passionnante comme la grande aventure de la vie. D'ailleurs les histoires ne commencent-elles pas toutes ainsi ? La lumière qui rencontre Gaia, la plume qui rencontre le papier, la pensée qui trouve son chemin... Les saisons se sont succédées sur la voûte du Ciel et le jeune aventurier qu'était Esprit-léger a bien grandi, il est devenu un sage poète qui virevolte entre toutes couleurs de l'univers. Il s'est promené dans le jardin d'azur où il a rencontré sa belle Orée-des-cieux. Chacun a respiré sur l'autre le parfum que portent les anges, et chacun s'est imprégné de cette fragrance. Après quelques rondes entre le jour et la nuit, quelques valses autour du Soleil, bientôt Esprit-léger se trouve avec un nouveau souffle, un nouveau cœur qui bat et un visage rayonnant de pureté qui repose au creux de ses bras. Petit-Soleil, leur enfant, les illumine avec la clarté de l'espoir. Il est venu comme un soubresaut de la vie qui rencontre un foyer de paix, et la roue de l'avenir continue alors de se dérouler.

Voilà Petit-Soleil porté par le courant du grand océan. Sa pirogue sillonne l'écume mais, plongé dans la brume, il ne distingue aucune silhouette d'île où poser ses amarres. Il est balloté par des flots interminables qui l'emportent vers des lieux inconnus... Il regarde par-dessus bord, il est comme aspiré, hypnotisé par ce monde infini qui l'entoure et le berce. Il ressent l'attraction du vide, il voudrait plonger dedans, épouser à nouveau le cosmos et l'univers... Mais ses parents peinent à dissimuler leurs peurs : ils craignent de le voir tomber, de le voir souffrir ou échouer, ils sont même un peu effrayés par l'idée de le voir simplement grandir. Alors cette peur se diffuse dans le cœur de Petit-Soleil et se mêle à son insouciance d'enfant. Il a toujours envie de plonger dans ce grand océan qu'est la vie, mais cette frayeur l'interpelle... Est-ce vraiment lui qui a peur ? Petit-Soleil découvre au fur et à mesure que sa pensée est sienne, qu'il est unique et libre. Il a longtemps été le rêve de ses parents, mais désormais son destin n'appartient qu'à lui.

« Si je cherche à me souvenir d'où je viens, ma pensée s'évanouit dans le vide. Si je regarde tout autour de moi, je me découvre au milieu d'un océan infini... », songe alors Petit-Soleil. Puis, en fermant les yeux il sent la houle l'emmener, les embruns sur son visage, c'est parce qu'il peut toucher le monde qu'il se sent bien vivant. Il est toujours mêlé à la matière, confondu avec elle, mais désormais il peut la toucher. « Autour de moi il y a le monde, et nous sommes tous les deux matières, *se dit alors Petit-Soleil en regardant sa main*, l'air qui m'entoure n'est pas moins réel que ma propre chaire... Le monde et moi-même sommes en communion depuis toujours : la vague me soulève, c'est l'énergie qui se propage dans cette matrice de fibres, cette grande structure dont je fais partie. » Cette caresse de l'univers, c'est le premier sens, celui de l'existence, celui qui anime chacune des cellules de son corps.

Absorbé dans ses pensées, Petit-Soleil est soudain interpellé par une grande nageoire dorée qui flirte avec la surface de l'océan. « Est-ce une sirène ? », se demande-t-il. Petit-Soleil est émerveillé en regardant le lamantin danser sur les vagues et se mouvoir avec une telle fluidité. Petit-Soleil n'a jamais nagé pourtant il ressent les vibrations de cette chorégraphie comme s'il l'exécutait lui-même... N'est-ce pas là l'empreinte de souvenirs chauds que son âme a porté jusqu'au seuil de cette existence ? Combien de talents, de dons et d'intuitions a-t-il préservé à travers le cosmos ?

« Terre, terre ! » s'écrit son père Esprit-léger, alors que leur pirogue s'échappe doucement des nuées de brume et s'apprête à rencontrer enfin une rive sur ce grand océan.

2. Une forêt d'illusions

A peine arrivé sur l'île, Petit-Soleil bondit hors de la pirogue, il se trouve alors sur une grande plage blonde. Ses parents le surveillent et marchent au bord de l'eau, laissant le vent purifier leurs visages. Derrière la dune de sable, de grands arbres s'étendent à perte de vue, ils forment une épaisse forêt qui danse avec le souffle de l'océan.

Le soir approche, Esprit-léger emmène sa petite famille se mettre à l'abri dans les bois. Ils marchent tous les trois dans le silence et respirent à pleins poumons l'air frais du rivage et de la forêt mêlés. Ils s'arrêtent à côté d'une futaie pour s'abriter du vent. Orée-des-cieux a ramassé des fruits juteux qu'elle coupe et dispose délicatement sur une nappe de fortune. Petit-Soleil s'apprête à croquer une part quand soudain un perroquet rouge aux longues ailes bleues et jaunes dérobe le fruit dans la main de l'enfant.

- Eh mais c'est du vol ! *s'écrit Petit-Soleil.*
- C'est du vol, oui oui oui, ça c'est du vol ! *répond le perroquet,* je vole avec le vent, je vole entre les arbres, je glisse sur l'air…
- Oui… heu je veux dire « voler » mais pas dans ce sens…
- Voler dans l'autre sens ? Tu veux dire à l'envers ? Ou bien dans une autre direction peut-être ? *alors le perroquet saisit le fruit dans son bec et repart au lointain…*
- Eh reviens voleur ! *s'écrit Petit-Soleil désemparé.*

Esprit-léger dit alors à son fils : « Tu vois, il faut entendre le monde qui t'entoure, être attentif à ses leçons : si tu parles sans écouter, comme ce perroquet, ta langue te rendra sourd. C'est pourquoi pour apprendre, il te faut d'abord apprendre à recevoir… ». Mais l'enfant se dit que les mots sont vraiment imprécis, que si pour une chose aussi simple, il est dur de se comprendre, alors comment vraiment partager les pensées et les émotions subtiles avec autrui.

Orée-des-cieux, Petit-Soleil et Esprit-léger dégustent les fruits et se reposent quelques instants avant de poursuivre la traversée du bois. Ils marchent entre les branches agitées par le vent, puis, quand vient l'obscurité du soir, établissent leur campement en bâtissant un abri avec quelques rameaux feuillus. Ils se laissent rapidement gagner par le sommeil…

Petit-Soleil se réveille brusquement. Il entend creuser, fouiller, renifler proche de lui, juste de l'autre côté de leur cachette de branchages. Dans le noir il ne peut pas distinguer quoi que ce soit, alors il demande :

- Qui est là ? Je ne vous vois pas.
- Je suis la belette ! Oui, nous ne voyons rien dans le noir !
- L'obscurité est comme un voile pour nos yeux… *répond Petit-Soleil.*
- Mais le monde que te révèle la lumière du jour également, tu ne crois pas ? *questionne à son tour la belette pleine d'entrain.*

« A qui parles-tu ? », demande Esprit-léger qui se réveille… Les bruits de pas de la belette s'éloignent dans la forêt.

A l'aube, Petit-Soleil marche en réfléchissant à ce que lui a dit la belette : « C'est si dur de trouver la vérité en ce monde, tout ne semble être qu'images. Alors même ma propre existence n'est peut-être qu'une illusion… »

3. L'insondable mystère

Alors qu'il se promène dans le sous-bois, un beau toucan noir et blanc, au gigantesque bec couleur de feu, vole avec légèreté au-dessus de Petit-Soleil puis vient se poser sur une branche toute proche. « Eh bien, avec un bec aussi long, tu dois être encore plus bavard que le perroquet, toi ! » lui dit le jeune garçon. Mais le petit toucan ne lui répond rien et reste songeur sur sa branche d'arbre. Pourtant le jeune garçon a appris que la volonté sincère transforme les créatures du Grand-Esprit, si bien que notre vie est une conséquence de nos pensées profondes. Ne comprenant pas pourquoi le toucan au grand bec ne parle pas, Petit-Soleil insiste :
- A quoi bon avoir un si grand bec si c'est pour ne rien dire ?
- Et toi petit homme, à quoi servent tes yeux ? *répond enfin le toucan.*
- Ils me permettent d'admirer le monde sous la lumière du Soleil !
- En réalité ils te servent avant tout à offrir leur propre lumière au monde… Tu peux caresser la matière dont tu es fait, mais la réalité est inscrite plus en profondeur, le monde est d'abord le royaume de l'énergie… Pour apprendre à recevoir, tu ne dois pas craindre de donner, petit homme.
- Dis-moi, pourquoi tu as un si grand bec ? *reprend encore Petit-Soleil*
- Regarde, je l'expose aux rayons du Soleil et il réchauffe tout mon corps, et lorsque j'ai trop chaud, il me permet de faire circuler mon sang et je me rafraichis ainsi.

Le petit toucan s'envole alors vers les profondeurs de la forêt… Petit-Soleil, en cherchant la vérité au fond de lui, ressent cette énergie invisible qui lie son corps à son esprit et qui circule derrière le monde d'illusions qui le baigne… Il réalise que, certes, ses lèvres peuvent goûter les meilleurs fruits de la forêt et prononcer les plus belles paroles, mais elles lui servent avant tout à apprécier le souffle et le silence. Et c'est ainsi, dans cet état de calme et de méditation qu'il a l'impression de déchirer le temps et de voir l'énergie véritable, le rayonnement de toutes choses.

Soudain un cri strident traverse les bois, Orée-des-cieux saisit Petit-Soleil par l'avant-bras et court après son compagnon, Esprit-léger qui est devant et se précipite vers l'endroit d'où provient ce hurlement… Et comme pour confronter sa pensée à la matière, si Petit-Soleil a découvert que seul le calme intérieur permet de voir la réalité qui soutient le monde, il réalise à présent qu'il faut également la force de conserver cet apaisement au milieu de l'agitation qui bouscule en permanence l'existence.

Au bout de l'échappée, une femme se trouve là, à genoux dans un lac de larmes. Elle est secouée par ses sanglots et serre fort son enfant contre sa poitrine. Le cœur de son fils ne bat plus, alors elle se laisse dépérir de tristesse… Esprit-léger applique sa main sur le front de la jeune femme pendant de longs moments en répétant de douces prières pour apaiser sa souffrance. Un jour s'écoule, puis un second. Alors vient la nuit et sous la lumière de la Lune, la jeune mère desserre son étreinte et libère le corps de l'enfant qui glisse doucement dans les profondeurs du lac.

Petit-Soleil, devant tant de douleur, ne peut contenir sa peine. Il ne sait plus comment voir l'énergie du monde, il est aveuglé par l'injustice et par la tristesse. Perdu au milieu de ses doutes, fatigué par l'incertitude, il ferme les yeux, se blottit contre Orée-des-cieux et lui demande : « Mère, qu'y a-t-il après la vie ? »

4. La douleur abyssale

Orée-des-cieux soupèse en elle-même ses propres mots avant de les offrir à son fils :
- Quand vient la mort, notre corps retourne se fondre dans le grand océan du savoir Petit-Soleil. Tu sais, mon fils, tout ce qui est vide d'énergie se recharge au cœur de Gaia, c'est pourquoi nous enterrons les corps des défunts...
- Nous enterrons aussi les graines pour cultiver nos champs, et pourtant elles ne sont pas mortes, mère ?
- Tous deux sont vie en latence, la naissance et la mort dorment côtes à côtes, elles s'apprêtent, l'une comme l'autre, à parcourir une nouvelle existence.
- Ça veut dire que cet enfant mort dans les bras de sa mère pourrait revenir sur Gaia, recommencer une nouvelle vie ?
- Oui, sur Gaia ou ailleurs, Petit-Soleil, le monde est vaste... Tu vois comme les animaux ont leur propre caractère, leur propre place dans la nature. Eh bien, par exemple, celui qui n'a pas compris pourquoi il a été traqué par un prédateur et qui est alors mort plein de colère, pourrait devenir loup et n'avoir d'autre choix que tuer pour vivre. Il pourrait alors réaliser que nous avons tous notre place dans l'harmonie de l'univers.
- Mais il ne se souviendrait pas de sa vie d'avant, moi je n'en ai aucun souvenir... Alors comment pourrait-il vraiment comprendre ? *s'inquiète le jeune garçon.*
- Notre seule mémoire réelle est celle de nos sensations, Petit-Soleil.
- Mais dis-moi, celui qui a été un homme très mauvais, que devient-il à la fin de sa vie ?
- Notre âme retourne d'abord dans le grand océan du savoir où elle s'oriente vers une nouvelle épreuve, une nouvelle existence pour progresser. Et comme je te le disais, les profondeurs de Gaia permettent de régénérer l'énergie pour un nouveau cycle. Une âme souillée peut rejoindre les méandres de la terre, devenir une créature qui rampe et s'abreuve de la rivière de sang des êtres défunts pour rendre le sol nourricier et accueillant.
- Ainsi tant qu'il y aura des forces impures, les êtres qui en sont responsables seront ceux qui les recycleront dans la vie suivante et l'équilibre du monde sera toujours maintenu... comprend Petit-Soleil.

Esprit-léger continue de méditer aux côtés de la jeune femme et cherche à l'aider à se libérer de cette douleur. Il lui envoie des images de moments de bonheur, de confiance en un avenir serein... Il la guide à travers la douleur, lui enseigne que nous devons tous affronter les épreuves que le Grand-Esprit dispose sur notre chemin. Mais l'incompréhension est trop forte : « Pourquoi peut-on perdre son enfant ? ». La mère désemparée ne peut faire le deuil de cette perte, elle ne peut accepter qu'on lui inflige une douleur si violente...

Esprit-léger est auprès de la jeune femme, tous deux accroupis dans l'eau, et sous la lumière diffuse de la Lune. Soudain, un imposant jaguar, au beau pelage doré, rôde autour du lac de larmes et leur souffle quelques mots : « Voyez la Lune, elle porte la lumière du Soleil. Voyez mon pelage, il est recouvert de tâches du Soleil... Le Ciel nous donne notre souffle vital, soyons reconnaissants de vivre. Demandez-vous ce que vous renvoyez à ce Ciel en fusion. L'énergie n'est jamais perdue, si vous laissez l'ombre de votre colère gonfler en vous, sans qu'aucune valeur ne puisse la contenir, cette force à l'état brut que vous lancez au Ciel pourrait bien retomber un jour... »

5. La brûlure de la colère

Esprit-léger songe que la colère est une force primaire, puissante, elle peut nous pousser à progresser et même à vaincre une maladie. Mais si nous n'acceptons pas humblement notre existence, si notre volonté n'est que rage, nous évoluerons dans le duel et non dans l'harmonie.

Aucune énergie de l'univers ne peut disparaitre, alors la colère infinie de cette jeune mère s'élève vers le Ciel et bientôt d'épais nuages noirs et menaçants se rassemblent au-dessus d'elle. Ils dévorent le Ciel et volent si bas qu'ils semblent vouloir aussi mordre la terre. Soudain un éclair de lumière déchire l'horizon, et une seconde après, comme un instant disloqué, un grondement sourd fait vibrer l'air et le sol. Puis un autre éclair s'abat sur Gaia, et encore un ! et un autre ! La foudre frappe la cime d'un grand arbre, une flamme grandit rapidement et s'empresse de ramper sur les branches des arbres voisins... Très vite une vague enflammée progresse dans la forêt, formant un gigantesque incendie.

La perte d'une vie a généré cette colère, la foudre frappe la terre, les flammes dévorent le monde, tournées vers le Ciel et vers les êtres... La destruction et la rage se répondent sans cesse dans la spirale diabolique du chaos. « Quel nouveau désastre va s'abattre sur nous à présent ? », se demande Esprit-léger qui marche d'un pas rapide vers Orée-des-cieux et Petit-Soleil.

Un grand bruit de craquement résonne au milieu des crépitements et du souffle du feu. C'est un arbre embrasé qui s'effondre sur Petit-Soleil et sa mère. Pris de panique, chacun saute d'un côté du tronc carbonisé et se couche au sol pour se protéger des débris incandescents qui sont projetés. Esprit-léger accourt aussitôt et aide Orée-des-cieux à se relever. Un mur de flammes les sépare désormais de leur enfant... Ils veulent le franchir mais l'air est brulant, ils ne peuvent même pas regarder le feu sans avoir les yeux et le visage empourpré. Ils bruleront là s'ils ne s'éloignent pas... Désemparés, impuissants, ils rejoignent la femme au lac de larmes pour fuir ensemble l'incendie aussi vite que possible, obsédés par la pensée de leur fils prisonnier des flammes...

Petit-Soleil court alors de l'autre côté pour échapper à cette mâchoire de feu qui se referme sur lui. Un héron vole au-dessus des flammes et fuit également le brasier. Il dit à l'enfant : « Continue dans cette direction, il y a un village un peu plus loin où tu pourras trouver de l'aide pour combattre le feu... » Alors Petit-Soleil redouble de vitesse, il court à grandes enjambées pour rejoindre les habitations.

En chemin il se demande d'abord pourquoi le Grand-Esprit permet que de telles catastrophes se produisent, à moins que le Grand-Esprit n'existe pas... Mais, malgré les doutes et la colère, il songe ensuite aux enseignements que ses parents lui ont donnés : à travers tous les lieux et toutes les époques, les peuples de Gaia ont toujours eu ce sentiment intuitif que le Grand-Esprit veillait sur eux. Et puis qu'y avait-il avant le monde ? Le néant ? Alors qu'y avait-il avant le néant ? « Il n'y a pas d'effet sans cause, alors bien sûr que le Grand-Esprit existe, autrement, qu'est-ce qui serait la cause de notre monde ? *se dit alors Petit-Soleil*, et puis nous allons encore évoluer grâce à notre volonté, et ainsi peut-être un jour parviendrons-nous à comprendre le Grand-Esprit. »

Le héron se tourne vers Petit-Soleil et lui dit « L'univers grandit à chaque instant mon garçon, le cosmos s'élargit : c'est la lumière sucrée des étoiles, l'origine de la vie, qui ralentit sa vibration dans notre monde. Elle devient énergie et l'énergie devient la matière qui compose nos corps et celui de Gaia. Alors il nous faut désormais chercher à rejoindre cette parfaite lumière originelle pour rejoindre l'origine, c'est le cycle de la vie... »

6. L'isolement du monde

Petit-Soleil arrive à une première cabane de bois, construite au milieu d'un vaste marais, un peu à l'écart du reste du village. Le héron poursuit son envolée vers le lointain et les deux compagnons se saluent d'un geste de la tête. Petit-Soleil reprend son souffle puis frappe à la porte. Un vieil homme lui ouvre. Il semble en mauvaise santé, alors Petit-Soleil lui demande :
- Bonjour monsieur, suivez-moi nous devons fuir : un incendie me rattrape !
- Bonjour jeune garçon, répond le vieillard *en manquant de s'étouffer, secoué par une toux épaisse, les jambes tremblantes.* Ici nous ne risquons rien, le feu ne peut brûler l'eau et la boue qui nous entoure...
- Tout va bien monsieur ? *demande Petit-Soleil.*
- Je suis comme ma propre habitation : je vis au milieu d'un marais d'idées croupies, de rêves vieillis qui ont fini par me rendre malade, comme tu le vois...

Le garçon sort de sa poche un quartier de fruit que sa mère lui avait donné : « Tenez, mangez ceci, ça vous procurera de bonnes vitamines ! ». Alors que la main tremblante du vieil homme recueille délicatement ce présent, Petit-Soleil voit le creux sur la tranche du quartier coupé, lorsque le fruit était entier. Cet espace vide était alors son centre. Petit-Soleil songe en lui-même : « Tout semble provenir du néant, du vide. Pourtant la merveilleuse illusion de la vie est toujours contractée par un mariage, comme un grain de pollen rencontre sa fleur... Il en va toujours ainsi : une idée qui rencontre un pays... Puis cette fleur disparaît, laisse cet espace vide et devient un beau fruit qui porte la vie. La lumière sucrée des étoiles s'est mêlée à l'eau éternelle de la mémoire de l'univers. Leur danse a créé le premier souffle de la vie inconsciente sur Gaia. »

Petit-Soleil voit le vieil homme éprouver les plus grandes difficultés et de vives douleurs pour simplement s'asseoir dans son fauteuil. Il demande à haute voix :
- Pourquoi le Grand-Esprit permet-il que le malheur existe ?
- La douleur provient toujours d'une idée que l'on n'a pas comprise. Depuis que la vie est apparue sur Gaia, elle s'est organisée pour progresser, pour se doter d'une conscience et, petit à petit, s'élever hors de l'ignorance. Alors les êtres qui étaient jusque-là unis dans une grande symbiose ont cherché à affirmer leurs propres désirs...
- Mais cela a permis d'inventer de nouvelles choses, de créer des œuvres d'art, vous ne croyez pas ?
- Oui, mais ça nous a également poussés à la division, à la séparation, à l'isolement... Et, comme tu le vois ici, sur ce marais des idées croupies, lorsque l'on cesse de créer, privé de l'énergie de nos semblables, on dépérit...
- Que voulez-vous dire ? Que vous étiez un inventeur !?

Alors le vieil homme prend un tambour, souffle la poussière sur la toile, le glisse entre ses frêles genoux et dit à Petit-Soleil : « Je suis un inventeur de rythmes... Tu vois cette toile, elle est en cercle comme la vie cyclique qui se régénère infiniment. Mais derrière ce voile : l'arbre-monde, le coffre, la caisse de résonnance... » Interrompu par sa toux qui reprend, le curieux vieillard se met à jouer un rythme entraînant, et après quelques instants Petit-Soleil sent sa conscience comme altérée, il s'oublie dans une transe légère et douce.

« Chaque percussion n'existe qu'en rencontrant le silence, comme il semble impossible d'imaginer le beau s'il n'y avait pas le laid... Chaque chose porte en lui le germe de son contraire. Mais ne peut-on pas briser le tourbillon de l'antagonisme ? Finalement un pauvre ne peut-il pas malgré tout être heureux de sa richesse ? », songe alors Petit-Soleil.

7. Le duel et l'absolu

Le feu se propage vite et arrive désormais jusqu'au marais où Petit-Soleil a trouvé refuge. Il regarde les flammes lécher l'eau boueuse et distingue alors de petites ombres courir dans le brasier... Il plisse les sourcils. Il est stupéfait face à ces créatures surréalistes qui cavalent entre les flammes. Puis il se souvient que la belette lui avait conseillé de regarder au-delà des masques du monde. Il se souvient également du toucan qui utilisait son grand bec pour réguler sa température : « Il y a toujours une astuce ! » se dit Petit-Soleil. Et en soutenant son regard quelques instants, ses yeux s'habituent à la lumière et à la chaleur du feu. Il voit mieux et distingue que les ombres ne sont pas réellement dans les flammes mais évoluent dans le reflet du feu sur l'eau noire. A présent, il peut distinguer les salamandres nager dans le marais, dansant dans le reflet de l'incendie.

« Nous aussi pouvons créer des illusions ! *dit alors Petit-Soleil en se tournant vers le vieil homme malade,* imaginez les cellules de votre corps vaincre le mal, visualisez-les comme des petites salamandres nageant entre les flammes de la maladie et la repoussant hors de vous ! »

Le vieil homme laisse son esprit reposer en lui-même. Il ne cherche plus à voir sa maladie, ni à l'oublier pour autant : il observe sa bonne santé, sa force intérieure repousser le mal. Il ne voit plus l'ombre s'immiscer en lui mais au contraire sa propre lumière l'irradier, et cette seule image lui procure le plus grand bien. Il pose alors les paumes de ses mains sur le sol et dit :
- La musique existe sans le silence. Ressens cette vibration, le chant du monde qui résonne dans l'univers depuis la nuit des temps... Le battement de tambour qui a donné l'impulsion de notre danse !
- Si le son n'a pas besoin du silence, *répond Petit-Soleil,* de la même façon, le bonheur n'a pas besoin du malheur pour exister, le bien n'a pas besoin du mal, la joie n'a pas besoin de la tristesse... La plénitude absolue existe ! La dualité n'est qu'une illusion !

Le jeune garçon voit un peu plus loin les habitants du village combattre les flammes en projetant du sable et de l'eau sur le brasier qui rôde. L'incendie s'est propagé tout autour du village et se referme désormais sur les habitants terrorisés. Ils luttent contre les flammes avec une rage incroyable, mais Petit-Soleil sait que répondre à la vie avec colère n'est pas la force véritable des hommes. Il se souvient des enseignements de son père Esprit-léger, qui lui a appris que tout mal doit être combattu à sa cause profonde, à son origine, et que les lois de la nature sont immuables : il n'y a pas d'effet sans cause. Ici, la négligence des hommes pour Gaia, le reniement de leur propre Mère est une effroyable colère dans leurs cœurs, un rejet de leur propre vie. Ces êtres renvoient cette énergie stagnante qui bouleverse l'harmonie de la nature. Voilà pourquoi le Ciel semble avoir ses humeurs, c'est en vérité la colère de toutes les créatures. Et Petit-Soleil sait que la vérité est le chemin et non sa fin. Il est alors soudainement convaincu que sans colère, les hommes parviendraient à apaiser le feu en cessant de chercher à le tuer. Ils ne s'épuiseraient pas inutilement mais calmeraient leur pensée pour chercher une autre voie...

Petit-Soleil a compris qu'il ne faut pas observer les choses en les comparant entre elles mais en devinant leur potentiel, leur véritable énergie, leur force absolue... Tout autour : l'incendie dévore la forêt. Il comprend que les fruits contiennent déjà des arbres ! Et qu'il faut les préserver ! Il court entre les cendres qui volent et cueille autant de fruits qu'il peut en porter. Il les confie alors au vieil homme qui lui dit : « Si tu vois un arbre dans une graine, apprends maintenant à voir le Grand-Esprit dans l'arbre que deviendra cette graine. » Alors le jeune garçon sent son esprit se connecter, s'aligner avec Gaia. Il réalise qu'il est lui-même une petite réplique de l'univers. La flamme de son aura oscille en ondes de lumière à travers ses cellules d'eau, la mémoire de l'origine toute vie.

8. L'invention du vide

« Y a-t-il toujours une confrontation, un combat ? Est-ce cela la vie ? », se demande Petit-Soleil. L'incendie se rapprochant toujours, il enflamme un buisson et un tatou s'en extirpe. Tout affolé il roule sur le sol pour éteindre la flamme au bout de sa queue. Le tatou s'écrie « Au feu ! Au feu ! C'est chaud ! Aye aye aye ! ». Il court dans toutes les directions et cherche une nouvelle cachette mais les flammes dévorent tout ! Il tourne en rond et s'affole… Puis soudain se met à creuser et s'y attelle avec énergie, poussé par une lueur d'espoir. En quelques secondes le tatou est enterré, à l'abri, sous terre, là où l'incendie passe et ne s'arrête pas.

Petit-Soleil est stupéfait. Il fait un pas de coté. Il cherche le vide, comme pour sortir du cercle stérile, de cet éternel affrontement entre le bien et le mal… « Le tatou a trouvé un abri contre l'incendie, mais pour vivre il lui faudra chercher sa force intérieure au milieu du brasier… Et c'est en cherchant à se découvrir qu'il parviendra à s'oublier. »

Saisit par un éclat de lucidité, Petit-Soleil court au centre du village, sur la place du marché, il monte sur l'estrade et s'adresse à la foule éparpillée. L'enfant dit :
- Ramassons des branches embrasées et brûlons toutes les maisons !
- Ne nous laissons pas gagner par la folie, gardons notre calme et ne faisons pas n'importe quoi ! *crie à son tour un homme à tous les habitants.*
- Le village ne pourra pas brûler deux fois, et vos maisons valent moins que vos vies, *répond Petit-Soleil*. Leurs cendres seront notre abri.

Tout le village s'attelle aussitôt ; les habitants allument un grand feu sur la place publique. Lorsque cet espace n'est plus que cendres, chacun s'en va, torche à la main, embraser les maisons qu'avaient bâties leurs ancêtres… Alors que les flammes se referment sur eux, ils se réfugient sur les cendres de la place principale qu'ils ont eux-mêmes brûlés. Le vieil homme joue un air de tambour enivrant, pour ces familles au milieu de l'enfer.

En cherchant à regarder autrement, à se détacher des coutumes, à inventer le futur, Petit-Soleil, détendu et vigilant comme lui avait enseigné son père Esprit-léger, a compris qu'il nous faut être prêts à rendre à la vie tout ce qu'elle nous a permis de bâtir. « Nous n'avons pas besoin de toutes ces affaires qui brûlent sous nos yeux, nous voulons toutes ces choses pour vivre heureux, mais vivre, n'est-ce pas déjà un si grand bonheur ? », demande le vieil homme. La stratégie de Petit-soleil permet aux habitants de précieuses minutes de répits, mais de sombres fumées et des flammes endiablées jusqu'à leur ilot de cendres. La température monte, combien de temps tiendront-ils encore dans ce brasier ?

Petit-Soleil sent l'attraction du vide qui approche, il s'écarte de la boucle des dualités et des confrontations qui se répètent inexorablement. Il se dit en lui-même : « Seuls ici et maintenant existent… Mais le Grand-Esprit est en toutes choses et il est le même amour pour le monde dans son ensemble et pour chaque partie qui le compose. Si je prends pleinement conscience que je ne suis pas uniquement une entité, que j'appartiens aussi à l'arbre-monde, je serai en paix, j'oublierai le temps, mon esprit se dégagera de toute perturbation. Je veux rejoindre cet état de plénitude, comme si l'univers m'appelait…»

N'est-ce pas cette même fascination que nous avons pour le vide, pour l'infini, l'attrait de l'inconnu qui a poussé le Grand-Esprit à créer la matière, à plonger la Création dans l'abîme de l'ignorance ? A repartir du néant pour révéler la vérité suprême, l'élévation miraculeuse de la matière opaque jusqu'à la vibration d'une parfaite lumière ?

9. Le chemin vers le Ciel

De leur côté, Esprit-léger et Orée-des-cieux aident la jeune mère qu'ils ont trouvé dans le lac de larmes à s'éloigner des flammes. Ils arrivent au pied d'une grande montagne de pierre et de glace qu'ils commencent à gravir alors que le brasier ne faiblit pas derrière eux.

« La colère des hommes a appelé les flammes destructrices sur Gaia. Les idées naissent, évoluent et peuvent devenir un merveilleux jardin ou un effroyable brasier. Maintenant que cette envie de vengeance s'est muée en ténèbres dans le Ciel, et que celui-ci a envoyé ses éclairs embrasant la forêt, comment apaiser toutes ces tourments ? », se demande Esprit-léger.

Le sage poète se laisse aspiré par l'univers qui l'entoure, il s'oublie, se déplace sans se déphaser, évolue sans altérer son énergie vitale et se confond avec l'unité du monde pour y rétablir l'équilibre. Il sent son âme s'élever, en douceur, et pose de doux mots contre le cœur d'Orée-des-cieux :
- L'énergie suit les idées, je dois épouser ce mouvement, devenir moi-même une idée…
- Est-ce la fin de ta vie, Esprit-léger ? *lui répond sa moitié.*
- Nous devons perdre notre dualité, nos contradictions, nos oppositions. Fin et commencement ne sont que des rêves. Il n'y a pas de mort mais seulement la vie à différents plans, Orée-des-cieux. C'est un voyage, et tout voyage n'est-il pas une fête ?
- Je comprends : peu importe où se poursuivent chacune de nos existences, nous ne disposons pas de notre propre vie. Nous devons tous être des exemples, citoyens du Ciel…
- Notre âme est notre énergie vitale, notre souffle et nos émotions. Mon âme devient une idée et rejoint le grand océan du savoir, la mémoire du monde, le souffle de toutes choses…

Alors comme le prolongement de sa vie jusqu'au Ciel, sans rupture, l'âme d'Esprit-léger devient un nuage qui s'envole, une idée de paix. Puis l'âme d'Esprit-léger devient une douce pluie qui apaise et éteint finalement l'incendie. Orée-des-cieux serre fort contre elle le corps de son amour Esprit-léger dont l'âme s'est envolée sur la voie de la paix. La mère qui a perdu son fils court jusqu'au village et tombe dans les bras du vieil homme malade, la joie de vivre les habite… Mais seul le présent résonne, la maladie, la vieillesse ou même la mort d'un fils font partie du destin.

Le faucon descend de la montagne. Le beau messager de l'espérance fuse dans l'air plus vite que le vent et s'approche de Petit-Soleil : « Mon garçon, alors que je parcourais les nuages, ton père m'a confié un message… Ce n'est pas un au revoir, car il sera toujours auprès de toi dans le Ciel. C'est plutôt un conseil : vivre pour autrui c'est vivre toujours car nous ne serons jamais seuls et la vie ne s'arrête pas. Leur faire don de soi, c'est devenir prospère, m'a-t-il confié. »

Petit-Soleil ne veut plus demander, ni recevoir, il veut simplement se laisser transfigurer, rejoindre la courbe infinie du changement. Le dessein de sa propre vie qui épouse la mémoire de son espèce, qui rejoint le Grand-Esprit.

10. L'union sacrée

Petit-Soleil a traversé les cendres de la forêt sous une pluie fine qui s'estompe petit à petit. Il marche vers la montagne et s'en va retrouver sa mère Orée-des-cieux. Il porte une cruche d'eau claire de la pluie sacrée. Il tient là entre ses mains l'eau de la vie et le souvenir de son père. Arrivé au pied de la montagne, un lama lui propose son aide. Petit-Soleil monte sur son dos et ensemble ils se dirigent sur la voie du Ciel. Ils marchent longtemps et gravissent la montagne. L'air devient plus frais, plus pur, plus rare. Plus haut sur le flanc rocheux, tout proche du sommet, une colonne de fumée s'élève. Petit-Soleil et le lama suivent cette direction, ils s'approchent du Ciel, là où le givre et la glace recouvrent la roche, et retrouvent alors Orée-des-cieux. Le garçon et sa mère tombent dans les bras l'un de l'autre, fous de joie. Ils se serrent forts contre leurs cœurs.

« Je dois t'expliquer une chose, *dit alors Orée-des-cieux* : regarde ce feu de camp, mon fils. Imagine que notre corps est le bois, notre âme est la flamme et notre esprit est le rayonnement de cette flamme. Notre corps est matière, notre âme est énergie et notre esprit est lumière. L'âme est le souffle de nos émotions, et si notre cœur est pur, il transforme nos émotions en lumière, alors nous ne revenons pas sur Gaia. Nous rejoignons notre père le Soleil et toutes les étoiles qu'arborent le Grand-Esprit. Nous rayonnons sur les mondes car nous devenons alors les anges de la vérité… Mais notre corps n'est jamais superflu, aujourd'hui celui d'Esprit-léger retourne dans une lente vibration à Gaia notre mère. Son âme est devenue une idée, un nuage, puis cette pluie du Ciel. Je ne m'inquiète pas car à l'amour véritable et invincible dans ce monde de matière, l'éternité est promise : jamais son esprit ne nous quittera. »

Le Soleil perce les nuages et un faisceau de lumière aux couleurs de l'arc-en-Ciel dessine un pont jusqu'au monde. Esprit-léger éveillé, libéré, a quitté la danse des êtres, son esprit a rejoint tous ses ancêtres et l'origine même de la Vie, il est devenu ange au pays des étoiles. La plus haute vibration de son être est devenue cette lumière blanche mêlée aux rayons du Soleil. Il se confond avec la conscience cosmique infinie, l'union de tous les esprits sur tous les mondes…

Quelques flocons de neige glissent du Ciel et volent au vent en brillant dans la lumière du jour. Une jolie jeune fille qui habite la montagne approche de Petit-Soleil et de sa mère, elle a vu la fumée du feu de camp et vient à leur rencontre :
- Comme ces flocons qui tombent sont beaux… On dirait des petits nuages… Comment peut-il exister sur Gaia une chose aussi belle ? *soupire la jeune fille, émerveillée.*
- Ce sont de petites gouttes d'eau que le souffle du Ciel a changé en cristaux… *répond Petit-Soleil.*
- Mais si elles tombent du Ciel… Y a-t-il un océan suspendu là-haut pour que l'eau s'en déverse ainsi ? *demande-t-elle alors.*

Après quelques instants de silence, Petit-Soleil en passant sa main dans la chaude laine du lama répond enfin : « Oui il y a un océan ! Un océan qui n'a pas de rive, il est toutes les eaux, toutes les mers, tous les nuages, chaque goutte d'eau et chaque flocon de neige. Il est à la fois ton souffle et le fluide qui nous baigne, et dans ce grand océan, plein des souvenirs de nos ancêtres, si profond qu'il nous paraît parfois obscur, dansent les plus belles idées, comme des faisceaux de lumière. »